光文社古典新訳文庫

悪い時

ガブリエル・ガルシア・マルケス

寺尾隆吉訳

kobunsha classics

光文社

Title : La Mala Hora
1966
Author : Gabriel García Márquez

目次

悪い時 5

解説 寺尾隆吉 285

年譜 320

訳者あとがき 342

悪い時

アンヘル神父は厳《おごそ》かに体を起こした。骨ばった手で瞼《まぶた》を拭い、ニットの蚊帳《かや》を開けた後、擦り切れたマットに腰を下ろして一瞬考え込んだ。自分が生きていることを確かめられたところで、今日が何日か、どの聖人の日か、考えてみた。「十月四日火曜日」彼は思いつき、小声で続けた。「アッシジのフランチェスコ」[1]

顔も洗わず、祈禱の言葉を唱えることもなく、そのまま着替えを済ませた。巨漢で血色がよく、大人しい去勢牛のように落ち着いた悲し気な姿が、まさしく去勢牛のように動いた。ハープの弦を確かめるようにして指で何気なく僧衣のボタンを直し、閂《かんぬき》を外して中庭のドアを開けると、雨に濡《ぬ》れたチュベローズの花とともに歌詞が頭

1 イタリアの聖人。フランシスコ会の創立者。

に甦ってきた。

「《きっと僕の涙で潮が満ちる》」思わず声が漏れた。

寝室と教会は両側に植木鉢の花を並べた通路で繋がっており、まばらに敷かれた煉瓦の隙間から十月の草が伸び始めていた。教会へ向かう前にアンヘル神父はトイレに入った。勢いよく放尿しながら、涙が出そうなほどきついアンモニア臭に耐えるために、必死で息を止めた。そして通路へ出たところでまた思い出した。《この小舟が僕を君の夢へと連れていく》教会へ続く狭いドアのところでも、これで最後とばかり、チュベローズの匂いがまた鼻をついた。

教会の内部には悪臭が漂っていた。細長い堂内にもまばらに煉瓦が敷かれており、一枚扉で広場と繋がっていた。アンヘル神父は直接塔の麓へ向かった。頭上一メートルのところにある時計の錘《おもり》を見て、もうあと一週間はネジがもつだろうと思った。蚊が殺到してきた。荒っぽくうなじを平手打ちして一匹潰《つぶ》し、鐘の綱で手を拭った。複雑な歯車の内臓から発された音が頭上に響き、その直後、朝五時を知らせる五回の鐘が腹の内側で鈍く深く鳴った。

残響が完全に消えるまで待ってから、両手で綱を摑《つか》んで手首に巻きつけた後、強い思いを込めて、ひび割れた銅の音を響かせた。すでに六十一歳となり、鐘を鳴らす動作は体にこたえたが、これまでずっと自分の手でミサの開始を知らせてきた。その努力が道徳的支えでもあったのだ。

まだ鐘の音が響いている間に、トリニダッドが通り側の扉を押して入ってきた。そのまま、前日の夜にネズミ捕りを仕掛けておいた一角へ向かうと、不快と歓喜を同時に掻き立てる事態が待っていた。ネズミの小規模虐殺だった。

最初の罠を開け、人差し指と親指でネズミの尻尾を摑んで段ボール箱に放り込んだ。アンヘル神父が広場側の扉を全開した。

「おはようございます、神父様」トリニダッドが言った。

バリトンのような美しい声が彼の耳には届かなかった。人気《ひとけ》のない広場、雨の下で眠るアーモンドの木立、意識の消えた十月の夜明けにじっと佇む町、そんな光景を前に、やるせない気持ちに囚《とら》われた。ようやく雨の音に耳が慣れてくると、幻のようでいてはっきり響くパストールのクラリネットが広場の向こうから聞こえてきた。そこで初めてトリニダッドの挨拶に答えた。

「パストールはセレナーデ[2]の連中と一緒じゃなかったのか」彼は言った。

「違います」トリニダッドは答え、ネズミの死骸を入れた箱を手にして近寄ってきた。

「ギターだけのセレナーデでしたから」

「愚かしい小唄を二時間もずっと歌っていたな」神父は言った。「《きっと僕の涙で潮が満ちる》、こんな感じだろう?」

「パストールの新曲です」彼女は言った。

扉の前でじっとしていた神父は、一瞬だけ幻惑を覚えた。毎朝五時、二ブロック向こうで、鳩舎の柱に寄せかけたスツールに腰掛けてパストールが鳴らすクラリネットの音色は、かなり前から彼の耳にお馴染《なじ》みになっていた。まず五時を知らせる五つの鐘、続いてミサを知らせる最初の鐘、そしてパストールが自宅の中庭で奏でるクラリネット、機械のように正確なこの連鎖、その透明に繋がった音色が鳩の糞で汚れた空気を浄化してくれる。

「音楽はいいのに」神父が言葉を返した。「歌詞が愚かしい。右向きになろうが左向きになろうが、いつも同じことだ。《この夢が僕を君の小舟へと連れていく》」

彼は自分の発見にご満悦で踵《きびす》を返し、祭壇の蠟燭《ろうそく》を点《とも》しに行った。トリニダッドも後に続いた。長い白ガウンの袖が拳まで届き、シルクの青い帯には宗教色が感じられない。繋がった眉の下で目が黒々と輝いていた。

「一晩中この近くにいたな」神父が言った。

「マルゴー・ラミレスのところです」ネズミの死体を入れた箱をぼんやり揺らしながらトリニダッドが言った。「でも、昨夜はセレナーデよりもっと面白いことがありました」

　神父は立ち止まり、沈黙の青い目を彼女に向けた。

「それは何だ?」

「ビラです」トリニダッドは言って、神経質な笑い声を上げた。


　その三軒向こうでセサル・モンテロが象の夢を見ていた。日曜日の映画にも象が登場した。上映終了三十分前に雨が激しくなり、今、その続きを夢で見ていた。

　象の群れの襲来に恐れ慄《おのの》いて逃げる原住民を尻目に、セサル・モンテロは巨体の重みを丸ごと壁にあずけた。妻が彼の体をそっと押したが、二人とも目を覚ますこと

2　女性のいる部屋の窓べで恋人が奏でる歌。

はなかった。《帰ろう》夫は呟《つぶや》き、元の位置に戻った。すると目が覚めた。ちょうどミサを知らせる二回目の鐘が鳴っていた。

金網で広い空間を囲った部屋だった。広場に面した窓にも金網が張られており、黄色い花模様をあしらったクレトン[3]のカーテンが掛けられていた。ナイトテーブルには、携帯ラジオと電気スタンド、眩《まぶ》しい文字盤の時計がある。反対側の壁には、鏡の扉を付けた大きなガラス棚が寄せかけられている。乗馬用のブーツを履きながらセサル・モンテロはパストールのクラリネットに耳を傾けた。生革《きがわ》の紐《ひも》が泥で固くなっている。紐の革よりざらざらした手を握りしめ、力いっぱい紐を引っ張った。そして拍車を探したが、ベッドの下には見当たらなかった。物音を立てて妻を起こすことのないよう気遣いながら、薄闇で着替えを続けた。シャツのボタンをかけながらテーブルの時計に目をやり、またベッドの下で拍車を探した。最初は手で探るだけだったが、やがて四つん這《ば》いになってベッドの下を引っ掻《か》き回した。妻が目を覚ました。

「何を探しているの？」

「拍車だよ」

「ガラス棚の後ろに掛けてあるわ」妻は言った。「土曜日に自分で掛けたじゃないの」

彼女は蚊帳を端に寄せて明かりを点《つ》けた。夫は恥じ入って立ち上がった。頑丈な四角い背中の巨体だったが、板のように見える靴底の乗馬用ブーツを履いていても、動きはしなやかだった。野性的とすら言えるほど健康で、年齢不詳だったが、首の皮膚を見れば五十過ぎだとすぐにわかった。ベッドに腰を下ろして拍車を着けた。

「まだ雨が降っているわね」うら若い骨に夜の湿気が染み込んだように感じながら妻が言った。「スポンジにでもなった気分だわ」

長く鋭い鼻の目立つ、小柄で骨ばった女であり、寝起きでも寝起きに見えないのが取り柄だった。カーテン越しに雨の様子を確かめてみた。拍車を締めつけたセサル・モンテロは、立ち上がって何度か床を踏みつけた。銅の拍車とともに家が揺れた。

「虎は十月に太る」彼は言った。

だが、パストールのクラリネットにうっとり聞き入っていた妻には聞こえなかった。振り返って夫のほうを見ると、ガラス棚の前で髪を梳《と》かしているところであり、鏡の高さに顔を合わせるため、脚を開いて俯《うつむ》き加減になっていた。

3　厚い平織りの綿布。更紗模様のプリントなどが多い。

妻は小声でパストールの奏でるメロディーを口ずさんでいた。

「一晩中その曲が続いたな」彼は言った。

「とてもいい曲よ」妻は言った。

枕元に縛ってあったリボンを解いてうなじの上でまとめ、完全に目を覚まして、《死ぬまで君の夢を離れない》と呟いた。夫は無視した。ガラス棚の引き出しを開けると、宝石や女性用の小さな時計、万年筆のほかに、財布が入っていた。取り上げて中から札を四枚引き抜き、また元に戻した。さらに、猟銃用の薬莢《やっきょう》を六発、シャツのポケットに入れた。

「雨が降り続いていたら、土曜日には戻らない」彼は言った。

中庭へ通じるドアを開けたところで一瞬だけ敷居に立ち止まり、目が薄闇に慣れるまで待ちながら、十月の陰気な臭《にお》いを吸い込んだ。ちょうどドアを閉めようとした時に、寝室で目覚まし時計のベルが鳴った。

妻がベッドから跳び上がった。彼女がベルを止めるまで、夫はノッカーに手を掛けたままじっとしていた。そして、思いつめたように初めてじっと妻の姿を見た。

「昨夜は象の夢を見た」彼は言った。

そしてドアを閉じ、ラバに鞍《くら》をつけ始めた。

ミサを知らせる三度目の鐘の前に雨が激しくなり、広場では低い風がアーモンドの木立に吹きつけて、朽ち果てた最後の葉を引きちぎった。街灯が消えたが、どの家もまだ閉じたままだった。セサル・モンテロはラバを台所へ導き、乗ったまま妻に声を掛けて、レインコートを持ってくるよう言った。そして背中に着けていた二連猟銃を外し、鞍のベルトで水平に縛った。妻がレインコートを持って台所に現れた。

「雨が止《や》むまでお待ちなさいよ」おずおずと彼女は言った。

夫は黙ったままレインコートを着た後、視線を中庭に向けた。

「十二月まで止むことはない」

妻は廊下の端までずっと夫の姿を目で追っていた。錆《さ》びたトタン屋根が雨で崩れ落ちそうだったが、それでも思いとどまる様子はなかった。ラバに拍車をかけながら、中庭へ出る時にドアの横木に頭をぶつけぬよう、身を屈《かが》めねばならなかった。庇《ひさし》から落ちる水滴が散弾のように彼の背中で跳ね返った。門のところで、後ろを振り返ることもなく彼は大声で言った。

「また土曜日に」

「また土曜日に」妻は言った。

広場で扉を開けているのは教会だけだった。セサル・モンテロは視線を上げ、頭のすぐ上まで迫りくるほど低く分厚い曇り空を見つめた。十字を切りながら拍車をかけ、何度も後ろ脚で方向転換させた末、ぬかるんだ地面の上でようやくラバの足取りを安定させることができた。自宅の入り口に貼られた紙が目に入ったのはその時だった。ラバに跨《またが》ったまま文面を読んだ。雨に濡れて色が落ちていたが、荒っぽく筆で書いた活字体の文字は完全に判読できた。セサル・モンテロはラバを壁に近づけ、紙を剝がして引き裂いた。

手綱《たづな》を一発食らったラバは、長丁場に備えでもするように均一な短い歩幅で進み始めた。広場を離れ、両側に土壁の家が並ぶ細くうねった通りに入ると、夢の残り火を掻き消すようにあちこちで入り口が開いていた。コーヒーの匂いが届いてきた。町の端にあたる家並みを抜けたところで、ようやく彼はラバの方向を変え、やはり歩幅の短い均一な速歩《トロット》でまた広場へ戻ると、今度はパストールの家の前で停止した。そこでラバを下りて猟銃を手にとり、急ぐ素振りを見せることもなく、ラバを柱に縛りつけた。

ドアに閂はかかっておらず、大きな巻貝を置いて止めているだけだった。セサル・モンテロは薄闇に包まれた屋内に入っていった。高い音が聞こえ、沈黙の間があった。毛の織物と造花の花瓶を載せた小テーブルの周りに椅子が四つ並んでおり、その脇まで進んだ。そして中庭へ続くドアの前に立ち止まり、レインコートのフードを背中へやった後、猟銃の安全装置を手で探りながら、冷静な、優しいほどの声で呼びかけた。

「パストール」

パストールはクラリネットのマウスピースを外しながらドアのところに姿を見せた。細身で姿勢のいい少年であり、生え始めたばかりの髭《ひげ》を鋏《はさみ》で整えていた。土の床で踵《かかと》を踏みしめて腰の位置で猟銃の銃口を正面に向けたセサル・モンテロの姿を前に、パストールは口を開けたが、何も言葉が出てこなかった。真っ青な顔に笑みが浮かんだ。セサル・モンテロはまず床に踵を踏みしめ、次に銃尾を腰に押しつけて肘で支えた。そして歯を食いしばると同時に引き金を引いた。銃声で家全体が震えたが、細い羽の上に血の筋を残して蛆虫《うじむし》のように這《は》って逃げるパストールの姿をドアの向こうに認めたのが、激震の前だったのか後だったのか、セサル・モンテロにはわからなかった。

銃声の瞬間、町長は眠りかけていたところだった。虫歯の痛みに苦しめられて三日間も眠れず過ごした後であり、その日の朝、ミサを知らせる最初の鐘が鳴った直後に、八錠目の鎮痛剤を飲んだ。痛みはひいた。トタン屋根を叩《たた》く雨音のおかげで眠りに誘われたが、その間も、虫歯は痛みを伴わないまま疼《うず》いていた。銃声が聞こえて飛び起きると、ハンモック脇の椅子に置いていつも左手がすぐ届くようにしている弾薬帯と拳銃を摑んだ。だが、雨音しか聞こえないので、悪夢だったかと思ったところで、また痛みが戻ってきた。

少し熱があった。鏡を見ると、頰が腫れ上がっていた。メンソールワセリンの小箱を手に取って蓋を開け、腫れ上がったまま髭が伸び放題になった患部に塗り込んだ。突如、雨音越しにかすかな声が届いてきた。バルコニーへ出てみると、通り沿いの住人が着の身着のまま広場のほうへ駆けていた。一人の少年が彼のほうを振り返り、走りながら両腕を上げて大声で叫んだ。

「セサル・モンテロがパストールを殺したんです」

広場では、セサル・モンテロが猟銃を群衆に向けながら歩き回っていた。町長には彼が誰だかなかなかわからなかった。左手で拳銃を抜いて広場の中央に向かって歩き出すと、人々は彼に道を開けた。ビリヤード場から警官が飛び出し、撃鉄を起こしたライフル銃をセサル・モンテロに向けた。町長は彼に向かって小声で言った。「撃つなよ、おい」拳銃を収めて警官からライフルを奪い取り、いつでも発砲できる状態でそのまま広場の中央へ近づいた。群衆は壁際に固まっていた。

「セサル・モンテロ」町長が叫んだ。「その猟銃を寄越せ」

それまでセサル・モンテロは彼の存在に気づいておらず、跳び上がってそちらへ向き直った。町長は引き金に手を当てたが、発砲はしなかった。

「とりに来てください」セサル・モンテロは叫んだ。

町長は左手でライフルを支え、右手で両瞼を拭った。張りつめた指を引き金にあて、じっとセサル・モンテロを見つめたまま、一歩一歩近寄っていった。そして突如足を止め、優しい口調で切り出した。

「猟銃を捨てろ、セサル。これ以上バカな真似はよせ」

セサル・モンテロは後ずさり、町長は相変わらず指を引き金にあてていた。全身の筋肉が硬直していたが、ようやくセサル・モンテロは銃を下ろし、そのまま地面に落とした。町長はそこで初めて我に返り、パジャマの下しか着ていないこと、雨に打たれながら汗をかいていたこと、歯の痛みが消えていることに気がついた。

いくつかの家のドアが開いた。ライフルを手にした二人の警官が広場の中央へ駆け出し、続いて群衆が殺到した。二人の警官はさっと反転し、ライフルの撃鉄を起こして叫んだ。

「下がれ」

町長は誰に目を向けるわけでもなく落ち着いた声で叫んだ。

「広場を空けろ」

群衆は散り散りになった。町長はレインコートを脱がせることもなくセサル・モンテロの所持品を検査した。シャツのポケットに薬莢が四発、ズボンの後ろポケットに牛の角《つの》を柄にあしらったナイフ、もう一つのポケットにメモ帳と鍵束と百ペソ札四枚が入っていた。セサル・モンテロは抵抗することなく無表情に両手を上げ、じっとなりゆきを見守っていた。調べを終えたところで町長は二人の警官を呼び、押収した品を渡しながらセサル・モンテロの身柄を託した。

「このまますぐ署へ連行しろ」彼は言った。「任せたぞ」

セサル・モンテロはレインコートを脱いで警官の一人に渡し、雨にも、広場に集まった人々の当惑にもかまうことなく、二人の警官に挟まれたまま歩き去った。遠ざかっていく彼の姿を見つめながら、町長は何か思いつめてでもいるようだった。そして群衆のほうへ向き直り、鶏でも追い払うような仕草で叫んだ。

「失《う》せろ」

彼は腕で顔を拭いながら広場を横切り、パストールの家に入っていった。

犠牲者の母は椅子に崩れ落ちており、周りを囲む女の一団が容赦ない生真面目さで風を送っていた。町長は女の一人をどかせ、「しっかり扇いでやれ」と言った。女は彼のほうへ向き直りながら言った。

「ミサへ出掛けた直後でした」

「わかった」町長は言った。「いいから、ひと息つかせてやれ」

パストールは通路にすえられた鳩舎に突っ伏し、血塗《ちまみ》れの羽をベッド代わりにして伸びていた。糞《ふん》の強い臭いが立ち込めていた。敷居から顔を出した町長の前で、男たちの一団が死体を起こそうとしていた。

「どけ」町長は言った。

　男たちは死体を羽の上に返し、発見した時と同じ姿勢に戻したうえで、黙ったまま後ずさった。町長が死体を調べ、裏返しにしたところで、細かな羽が舞い上がった。腰のあたりでは、まだ生温かい生き血に大量の羽がこびりついていた。両手でこれを払い除《の》けると、シャツが破れており、ベルトのバックルも壊れていることがわかった。シャツの下で内臓が外に飛び出していた。傷口の血はすでに止まっていた。

「虎狩りの猟銃でも使ったようですね」男の一人が言った。

　町長は立ち上がり、死体から目を離さぬまま、鳩舎の柱で手についた血塗れの羽を拭った。そしてパジャマのズボンで手を拭い、男たちの一団に向かって言った。

「そこから動かすな」

「このままにしておくのですか」男の一人が言った。

「動かすには手続きが必要だ」町長は言った。

　家の中から女たちの泣き声が沸き起こった。空気が薄く感じられるほど室内に息苦しい臭いが立ち込めており、悪臭と泣き声を掻き分けるようにして町長は進んだ。通りへ続くドアのところにアンヘル神父がいた。

「死んだのだね」当惑気味に神父は言った。

「豚も同然の姿です」町長は答えた。

広場を囲む家のドアが開け放たれていた。雨は止んでいたが、重い空が家並みにのしかかり、陽の差す隙間さえ残していなかった。アンヘル神父が町長の腕をとって言った。

「セサル・モンテロは善良な男だ。我を忘れたのだろう」

「わかっています」苛立《いらだ》ちも露《あら》わに町長は言った。「彼のことならご心配は無用です、神父様。中へどうぞ、皆、心の支えを必要としています」

少々不作法にその場を離れた後、警備にあたっていた警官たちに退散を命じた。それまで非常線の後ろに控えていた群衆がパストールの家に殺到した。町長がビリヤード場に入っていくと、着替え用に洗い立ての軍服を手にした警官が待っていた。

普段ならこの時間に店は開いていないが、この日は七時前から満員だった。四人掛けのテーブルやカウンターでコーヒーを飲む男たちがおり、大半はパジャマにスリッパという姿だった。町長は衆目の前で裸になり、パジャマのズボンでさっと体を拭いた後、周囲の声に耳を傾けながら黙って服を着た。ビリヤード場を後にした時には、事件の細部まで完璧に把握できていた。

「気をつけろよ」入り口から彼は大声で言った。「町の秩序を乱す奴がいたら、ブタ箱にぶちこむぞ」

誰とも挨拶を交わすことなく石畳の通りを進むうちに、町民たちの興奮が肌で感じられた。町長はまだ若く、動作の単純な男であり、一歩ごとに自分の存在を思い知らせようとでもしているようだった。

七時、週三回積荷と乗客を運んでくる船隊が汽笛を鳴らして波止場を離れたが、いつもと違って、誰も気に留める者はなかった。町長が進む通りの両側でシリア商人たちが色鮮やかな品物を並べ始めていた。艶のいい巻き毛の髪を見せつけた年齢不詳の医師オクタビオ・ヒラルド氏が、診療所のドア口から船の動きを見つめていた。彼もパジャマにスリッパ姿だった。

「先生」町長が言った。「着替えて検死に立ち会ってください」

医師は怪訝《けげん》な表情で相手を見つめ、白く丈夫そうな歯を剝《む》き出しにした。「これから一緒に検死、というわけですか」彼は言って、すぐに付け加えた。「明らかに、大進歩ですな」

町長は笑みを浮かべようとしたが、敏感になっていた頰に遮られ、手で口を覆った。

「どうしたんですか？」医師が問いを向けた。

「忌々《いまいま》しい虫歯です」

ヒラルド氏はもっと話を聞きたがっている様子だったが、町長は先を急いだ。波止場の端で町長は家のドアをノックした。泥で塗り固めていないダンチク[4]の壁に支えられた棕櫚《しゅろ》葺《ぶ》きの屋根から、葉が水面すれすれまで垂れ下がっていた。ドアを開けたのは緑がかった肌の娘であり、妊娠七カ月の腹の下に素足が見えた。町長は女に道を空けさせて薄暗い部屋へ入り、声を掛けた。

「判事」

アルカディオ判事は内側のドアから姿を見せ、木靴を引きずりながら近づいてきた。ベルトのないドリルのズボンが臍《へそ》の下で止まっており、上半身は裸だった。

「準備してくれ、遺体検分だ」町長は言った。

アルカディオ判事は当惑の声を漏らした。

「どこからそんな突飛な話を？」

4　イネ科の多年草。竹と同じように農業や漁業の資材として使われることがある。

町長は無視して寝室まで進んだ。「いつもと違う事件だ」彼は言って、眠気で重くなった空気を入れ換えるために窓を開けた。「どうせやるならきちんとやるとしよう」アイロンのかかったズボンで手の埃《ほこり》を拭い、嫌味を微塵《みじん》も臭わせることなく問いを向けた。

「死体移動の手続きはわかっているな?」

「もちろん」判事は言った。

町長は窓の前で両手を見つめた。「秘書を呼んで必要事項を書き留めさせてくれ」彼の口調は相変わらず平板だった。手を伸ばして広げたまま女のほうへ向き直ったところで、手の平に残る血の跡に目が留まった。

「どこかで洗ってもいいか?」

「貯水槽へどうぞ」娘は言った。

町長は中庭へ出た。娘はトランクからきれいなタオルを探し、香りのいい石鹸を包んだ。

中庭へ出てみると、ちょうど町長が戻ってくるところで、両手をこすり合わせていた。

「石鹼をお持ちしました」娘は言った。

「大丈夫」町長は言って、再び両手の平を見つめた。タオルを受け取って、思いつめたように手を拭きながら、アルカディオ判事を見つめた。

「鳩の羽だらけだ」町長は言った。

ベッドに座り、真っ黒いコーヒーをちびちび啜《すす》りながら、アルカディオ判事が着替え終わるまで待った。娘が部屋を横切って二人に近寄った。

「その歯を抜かないうちは腫れが引きませんよ」彼女は町長に向かって言った。

町長はアルカディオ判事を通りへ押しやり、振り向きざま、女の膨らんだ腹に人差し指で触れながら言った。

「こっちの腫れはいつ引くんだい？」

「もうすぐです」娘は言った。


アンヘル神父は、普段と違って午後の散歩に出掛けなかった。埋葬の後、低地の家に立ち寄って四方山《よもやま》話に耽《ふけ》り、夕暮れ時までそこにとどまっていた。長引く雨のせいで絶えず背骨の周りが痛んだが、それでも気分はよかった。家に着く頃には、すでに街灯が点っていた。

トリニダッドが通路で花に水をやっていた。聖別の終わっていない聖餅[5]について神父に問われると、主祭壇に置いたと返答した。部屋の明かりを点けた途端、神父は湯気のような蚊の大群に囲まれた。ドアを閉める前に部屋の隅々まで殺虫剤を撒《ま》き、その臭いでくしゃみが止まらなくなった。作業を終えた時には汗だくになっていた。黒のスータン[6]を脱いで、普段着に使っている継ぎはぎだらけの白いスータンに着替え、アンジェラスに向かった。

部屋へ戻るとフライパンを火にかけ、タマネギを刻みながら肉を炒めた。昼に食べ残したユカイモ煮と御飯が載ったままの皿にすべて盛りつけ、テーブルへ運んだ後、腰を下ろして食べ始めた。

何から先にということもなく、すべてを同時に小さく切ってはナイフでフォークに押しつけるようにして食べた。噛むことに集中し、唇を引き締めたまま、銀を詰めた奥歯で最後の一粒までしっかり砕いた。噛んでいる間はナイフとフォークを皿の縁に置き、視線に意識を集中してじっと部屋を観察した。目の前には、教区公文書の分厚い冊子を並べた棚があり、部屋の隅には、頭の位置にクッションを縫いつけた籐《とう》細工の揺り椅子がある。その後ろの衝立《ついたて》に十字架が掛かっており、咳《せき》止めシロップの広告用カレンダーと並んでいる。衝立の向こうが寝室だった。

食事を終えたアンヘル神父は、息が詰まりそうな気分に囚われた。グアバ菓子の包みを解き、水をコップいっぱいに注いで、カレンダーを見つめながら菓子を平らげた。一口ごとに水を啜り、その間カレンダーから目を離すことはなかった。最後にげっぷを一つして、袖で唇を拭った。十九年間も彼の食べ方はずっと同じで、いつも執務室で独り、神経質なほど正確に同じ動作を一つひとつ繰り返していた。孤独を恥じたことは一度もなかった。

お祈りを終えたトリニダッドが、ヒ素を買うお金が欲しいと言ってきた。罠だけで十分だと言って退けるのはこれで三度目だったが、トリニダッドは食い下がった。

「小さなネズミはチーズだけとって罠にかからないのです。だからチーズに毒を仕込むほうがいいんです」

5 ミサなどで信者が拝領するために聖別されたパン。
6 キリスト教の聖職者が日常生活で着用する長衣。英語ではキャソック。

神父はトリニダッドの言い分がもっともだと思ったが、そう口に出して言う前に、通りの反対側にある映画館から拡声器の音が鳴り出し、教会の沈黙を破った。最初は鈍い音だけだったが、やがて針がレコードを引っ掻く音が聞こえ、直後にけたたましいトランペットとともにマンボが響き渡った。

「今日も上映があるのか？」神父は問いかけた。

トリニダッドは頷《うなず》いた。

「何をやるんだ？」

「『ターザンと緑の女神』[7]です」トリニダッドが言った。「日曜日に雨で中断になったものです。規制はありません」

アンヘル神父は塔の麓まで行ってゆっくりと十二回鐘を鳴らした。トリニダッドが仰天していた。

「どうしたんですか、神父様」手を振りながら話す彼女の目に動転の色が浮かんでいた。「規制なしの映画ですよ。日曜日は鐘を鳴らさなかったではありませんか」

「しかし、町民への配慮というものがあるだろう」首の汗を拭いながら神父は言って、息を荒げながら同じ言葉を繰り返した。「配慮というものがある」

トリニダッドは理解した。

「埋葬の現場に立ち会ってほしかったものだ」神父は言った。「みんな我先に棺を担ごうと争っていた」

そして彼女におやすみの言葉を伝え、人気のない広場に面した扉を閉めた後に、堂内の明かりを消した。寝室に戻る途中の廊下で、ヒ素代をトリニダッドに渡し忘れたことに気づいて額を叩いた。だが、部屋に戻る頃にはまた忘れていた。

少し時間を置いてから仕事机に向かい、昨夜書き始めた手紙を仕上げることにした。腹の位置までスータンのボタンを外し、机の上で便箋、インク瓶、吸い取り紙の位置を直すとともに、ポケットの眼鏡を探った。すぐに、埋葬に着ていったスータンに入れっぱなしだったことを思い出し、立ち上がって探しに行った。前夜書いた文章を読み返し、続きを書き始めたところで、ドアを三度ノックする音が聞こえた。

「どうぞ」

7 ターザン・シリーズの一作。一九三五年アメリカ合衆国製作、エドワード・カル監督、ブルース・ベネット主演。

映画館の興行主だった。小柄で顔色の悪い男であり、入念に髭を剃《そ》った顔に恨めしそうな表情が浮かんでいた。真っ白いリンネルを着て、二色の靴を履いている。アンヘル神父は揺り椅子をすすめたが、興行主はズボンのポケットからハンカチを取り出し、注意深く広げて事務椅子の埃を払ったうえで、脚を広げてそこに座った。その時アンヘル神父は、彼の腰から下がっているものが拳銃ではなく乾電池式の懐中電灯だと気がついた。

「ご用件は?」神父が言った。

「神父様」うなだれて興行主は言った。「僭越《せんえつ》ながら、今夜の件は何かの間違いかと存じます」

神父は頷いて待ち受けた。

「『ターザンと緑の女神』は規制なしの映画です」興行主は続けた。「日曜日に神父様自らお認めになったことです」

神父は口を挟もうとしたが、興行主は手を上げ、まだ続きがあることを示した。

「検閲の鐘についてつべこべ言うつもりはありません」彼は言った。「確かに道徳にもとる映画もありますから。しかし、本作にさしたる問題はありませんし、土曜日には子供向けに上映しようと考えていたほどです」

そこでアンヘル神父も説明を始め、毎月郵便で届くリストによれば道徳上の問題は何もないことを告げて、彼の主張を認めた。

「しかし、今日上映となれば」神父は続けた。「死者を悼む町民への配慮を欠くことになる。それも道徳の一部だ」

興行主は相手を見つめた。

「去年は、映画館の中で警官が人を殺した時でさえ、死体だけ運び出して、そのまま上映を続けたのですよ」彼は声を荒げた。

「今は状況が違う」神父は言った。「町長もすっかり変わった」

「選挙となればまた虐殺が始まりますよ」苛立った興行主は切り返した。「町が町だった時代から、ずっと同じことの繰り返しです」

「どうかな」神父は言った。

興行主は悲痛な面持ちで相手を見つめた。シャツを揺すって胸に空気を送りながら再び話し出した時には、声に哀願の調子がこもっていた。

「規制なしの映画が町に届くのは今年三度目です。日曜日には、雨のせいであと残り三本というところで打ち切りになりました。最後まで見たがっている人がたくさんいます」

「もう鐘を鳴らした後だ」神父は言った。

興行主は絶望の溜《た》め息を漏らした。正面から神父を見据えたままじっと待っていたが、部屋の異常な暑さ以外のことはすでに頭から消えていた。

「それでは、もう取り返しがつかないということですか？」

アンヘル神父は頷いた。

興行主は膝を一つ打って立ち上がりながら言った。

「わかりました。仕方がありません」

ハンカチを畳んで首の汗を拭った後、厳しい表情で部屋を見渡しながら言い添えた。

「ここは地獄ですね」

神父は扉まで興行主に付き添い、閂《かんぬき》を掛けた後に再び腰を下ろして、手紙の仕上げにかかった。もう一度最初から読み直したうえで、中断した段落を最後まで書き終え、手を止めてしばらく物思いに耽った。その時、拡声器から流れていた音楽が途切れた。「聴衆の皆様方」特徴のない声が話し出した。「我が社も今晩は皆様とともに喪に服し、上映を中止いたします」興行主の声だと気づいてアンヘル神父は顔に笑みを浮かべた。

暑さはさらにひどくなっていた。神父は、時々短い間を挟んで汗を拭いながら書いては読むことを繰り返し、便箋二枚を書き終えた。署名を入れたところで何の前触れもなく猛烈な雨が降り出し、濡れた地面の蒸気が部屋に入り込んできた。アンヘル神父は封筒に宛名を書き、インク瓶を閉めて手紙を折ろうとしたが、もう一度最後の段落を読むことにした。そして再びインク瓶の蓋を開け、追伸を付け加えた。「また雨が降っています。ここに書いたことに加えてこの雨では、先が思いやられます」

金曜日の夜明けは生温かく乾燥していた。初めて愛の味を知って以来ずっと一晩に三度こなしてきたことを誇らしげに語るアルカディオ判事は、この日の朝、誤って蚊帳の紐を切ってしまい、絶頂の瞬間に女もろとも床に転げ落ちて天蓋《てんがい》と絡まり合った。

「そのままでいいわ」女は呟いた。「後で何とかするから」

靄《もや》のように混沌とした塊になった蚊帳の間から、二人は裸で這い出した。アルカディオ判事はトランクのところまで進んで、きれいなパンツを探した。戻ってみると女はすでに服を着ており、蚊帳を直していた。気に留めることもなく通り過ぎ、ベッドの反対側に腰を下ろして靴を履いた時も、まだ愛の営みで息が上がったままだった。彼の後をつけてきた女は、丸く張りつめた腹を男の腕に寄せかけ、歯で耳を探った。判事は軽く払い除けた。

「やめてくれ」彼は言った。

女は健康ではちきれそうな笑い声を上げた。部屋の反対側まで男を追い回し、人差し指で腎臓のあたりを引っ掻きながら、「どうした、意気地なし」と声を上げ続けた。男は跳び上がって女の手を払い除けた。女はやっと悪戯《いたずら》をやめてまた笑ったが、突如真顔になって大声で言った。

「神様！」

「何だよ？」判事は訊《き》いた。

「ドアが全開のままだったわ」女は大声で言った。「恥晒《はじさら》しったらありゃしない」

そして笑いこけながらバスルームに入った。

アルカディオ判事は、コーヒーを待つことなく、歯磨き粉のミントで活気を取り戻して通りへ出た。銅色の太陽が照りつけていた。シリア人たちが店の前に座って静かな川の流れを見つめていた。ヒラルド医師の診療所に差し掛かったところで、ドアの金網を爪で引っ掻き、歩みを止めることなく大声で言った。

「先生、最高の頭痛薬は何ですか？」

中から医師の返答が届いた。

「前夜に酒を飲まないことだ」

港では、前夜新たに貼られたビラの内容について、女たちの一団が大声で取り沙汰していた。雨が止んで朝から晴れ渡ったせいで、五時のミサに繰り出した女たちがビラを読むことになり、早くも町中に噂が広がっていた。アルカディオ判事は歩き続け、鼻輪をつけられた去勢牛にでもなったような気分でビリヤード場へと引っ張られていった。冷えたビールと鎮痛剤を注文した。九時になったばかりだったが、店はすでに満員だった。

「町中頭痛だらけだな」アルカディオ判事は言った。

男三人がビールのグラスを前に困惑の表情で佇《たたず》むテーブルを見て、判事は瓶を手に歩み寄り、空いている椅子に腰を下ろした。

「続いてるのか？」彼は問いを向けた。

「今朝は四つです」

「みんなが読んだのは」男の一人が言った。「ラケル・コントレーラスのやつです」

アルカディオ判事は鎮痛剤を噛み潰し、瓶からそのままビールを飲んだ。最初の一口はまずかったが、すぐに腹が慣れ、過去から解き放たれて生まれ変わったような気分になった。

「内容は?」

「戯言《ざれごと》です」男は言った。「入れ歯を作ると言って、今年何度も町を留守にしているが、実は子供を堕《お》ろすためだ」

「そんなことなら、わざわざビラにすることもないのに」アルカディオ判事は言った。

「みんな言ってることじゃないか」

　店を出ると灼熱の太陽に目の奥を痛めつけられたが、目を覚ました時のような不気味な不快感は消えていた。そのまま直接司法局に出向くと、老いて痩せこけた秘書が雌鶏《めんどり》の羽をむしっており、眼鏡のフレーム越しに疑念の目を向けてきた。

「これは珍しい」

「事を進めないとな」判事は言った。

　秘書はスリッパを引きずって中庭に降り立ち、まだ完全に羽をむしり終えていない雌鶏を柵越しにホテルの料理婦に手渡した。着任して十一カ月になるが、アルカディオ判事が自分の席に座るのはこれが初めてだった。

　雑然とした事務所は木製の格子で二つに仕切られており、外側には、目隠しをしたまま天秤《てんびん》を手にした正義の女神の絵の下に、木製の事務椅子が置かれていた。内側では事務机が二つ向き合っており、埃を被《かぶ》った本を収納した棚と、タイプライターがあった。判事用机の上方の壁に銅製の十字架が掛けられており、反対側の壁で額縁に収まったリトグラフには、恰幅《かっぷく》のいい禿《は》げ頭の男が大統領綬《じゅ》をたすき掛けにして、「平和と正義」の金字の下で微笑《ほほえ》む姿が描かれている。この部屋で目新しいのはこのリトグラフだけだった。

秘書はハンカチで顔を覆って、はたきを手に、机の埃を払い始めた。「鼻を塞いでいないと咳が出ますよ」彼は言った。判事は無視して回転椅子にもたれかかり、両脚を伸ばしてスプリングの具合を試した。

「大丈夫かな?」彼は問いを向けた。

秘書は頷いた。「ビテラ判事が殺された時に」彼は言った。「スプリングが飛びましたが、もう修理は終わっています」そしてまだ顔を覆ったまま言い添えた。「政権交代後、町長自ら修理に出しました。特別捜査員があちこちに出没するようになったのも同じ頃からです」

「町長は業務の正常化を望んでいる」判事は言った。

中央の引き出しを開けて鍵束を取り出し、残る引き出しを一つひとつ開けていった。中身は書類ばかりで、注意を払うべきものが何もないことを確かめでもするように人差し指を挿しこみながらざっとチェックした後、引き出しを閉め、机の上を整理した。赤い皿と青い皿があり、それぞれの色の羽根ペンとガラスのインク瓶が載っているが、インクは干上がっていた。

「町長に気に入られていますね」秘書は言った。

判事は椅子を揺らし、肘掛の埃を払いながら、陰鬱な視線で秘書の姿を追った。秘書は、今この瞬間、この姿勢、この光の下の判事を脳裏に焼きつけようとでもするように、じっと相手を見つめ、人差し指を伸ばしながら言った。

「まさにそんな姿勢でビテラ判事は銃撃を受けました」

判事はこめかみに手をやり、浮き出た青筋を撫《な》でた。頭痛が戻っていた。

「私はそこにいました」秘書は続け、仕切りの外側へ歩き出しながらタイプライターを指差した。肘掛に寄りかかって、ライフルに見立てたはたきをアルカディオ判事に向ける時も、まだ彼の話は続いていた。西部劇に登場する郵便強盗のような格好で喋《しゃべ》り続けていた。

「三人の警官がこんなふうに現れて、その姿を認めるや、ビテラ判事は両手を上げて、『殺さないでくれ』と言ったのですが、直後に、椅子がこっち、銃弾をくらった彼があっちに飛びました」

アルカディオ判事は両手で頭を押さえ、脳内の振動を感じた。秘書は顔からハンカチをとり、はたきをドアの後ろに掛けた。「すべては、酔った勢いに任せて、俺がここにいるのは選挙の公正を保障するためだ、と口走ったせいです」彼は言った。間を置いてアルカディオ判事を見つめると、彼は両手を腹にあてて机の上に突っ伏していた。

「ひどいのですか?」

判事は頷き、前夜のことを話したうえで、ビリヤード場から鎮痛剤と冷たいビールを二本もらってくるよう頼んだ。最初の一本を飲み終えたところで、良心の呵責《かしゃく》は跡形もなく彼の心から消えていた。頭が冴えてきた。

秘書はタイプライターの前に座った。

「さて、何をすればよろしいですか?」彼は問いかけた。

「何も」判事は答えた。

「それでは、これで失礼して、マリアのところへ行って、雌鶏の羽むしりを手伝ってきます」

判事は許さず、「ここは司法を取り仕切る事務所であって、雌鶏の羽をむしる場所じゃない」と言った。さらに、憐《あわ》れむような表情で部下の姿を爪先から頭のてっぺんまで眺め回したうえで言い添えた。

「それに、そのスリッパは捨てて、事務所には靴で来なさい」

正午が近づくにつれて暑さはひどくなる一方で、十二時の鐘が鳴る頃には、アルカディオ判事は十二本のビールを飲み終えていた。記憶の間をさまよっており、眠たげな熱を込めて何一つ不自由のなかった時代の話を語り出した彼は、海辺で過ごした長い日曜日、満足を知らぬムラート女[8]たちと玄関口で立ったまま愛を交わした時のことを振り返った。「あの頃はそんな暮らしだった」親指と人差し指で音を鳴らしながら話す判事を前に、秘書はただ呆然と黙り込み、時々首を振って頷きながら聞いていた。アルカディオ判事の頭はぼんやりしていたが、記憶だけはますます鮮明に蘇ってきた。

8　ラテンアメリカで白人と黒人の混血者。

一時の鐘が聞こえた時には、秘書が苛立ちを露わにして言った。

「スープが冷めますよ」

判事は退席を許さず、「こんな町じゃ、才能のある男にいつも出会えるとは限らない」と言った。暑さにへばっていた秘書は礼を言って、椅子の上で姿勢を変えた。果てしなく続きそうな金曜日だった。焼けた鉄板屋根の下で二人の男がさらに三十分も話を続ける間、町は昼寝《シエスタ》の湯気に蒸されていた。疲弊し切った状態で秘書はビラの話を持ち出した。アルカディオ判事は肩をすくめた。

「お前もあんな戯言を気にしているのか」秘書をお前呼ばわりするのはこれが初めてだった。

空腹と窒息で気力が失せていた秘書は、これ以上話を続ける気にならなかったが、それでも、ビラが戯言だとは思わなかった。「すでに最初の死者が出ていますし、このまま続けば悪い時代がやってきますよ」彼は言って、続けざま、ビラによって七日間で滅びた町の話を始めた。住人同士が殺し合う事態となり、生き残った者たちは、二度と戻ってこなくてすむよう、墓を掘り返して死者の骨まで持ち去ったという。

秘書が話を続ける間、判事はゆっくりとシャツのボタンを外しながら、嘲《あざけ》りの表情で聞いていた。そして、相手がホラー物の愛好家かもしれないと思いついて言った。

「推理小説ならありふれた話だな」

秘書は首を動かした。アルカディオ判事は大学時代の話を始め、刑事事件の謎解きに取り組むサークルに属していたことを明かした。メンバーの一人ひとりが謎解きの鍵を摑むまでひたすらミステリー小説を読み続け、土曜日に全員集合して事件を解明する。「俺は一度も外したことがない」彼は言った。「もちろん、古典を読んでいたおかげで、どんな謎でも見透かす人生の論理が身に着いていたからさ」そして一つ謎を披露した。ある男が夜十時にホテルにチェックインし、部屋へ上がったが、翌朝、給仕がコーヒーを届けに行くと、ベッドの上で腐食した状態で死んでいた。検死によれば、前夜に着いたこの宿泊客は八日前に死んでいた。

秘書は長々と関節の音を立てて身を起こした。

「つまり、ホテルに到着した時点で、死後七日経過していたということですね」秘書は言った。

「この話が書かれたのは十二年前だが」相手の言葉を気にする様子もなくアルカディオ判事は続けた。「鍵となる情報を初めて出したのはヘラクレイトス[9]、紀元前五世紀のことだ」

謎解きを始めようとしたところで秘書がいきり立った。「この世の始まりから、ビラの犯人が解明されたことは一度たりともありません」言葉に攻撃的な緊張を込めて彼は言い放った。アルカディオ判事は歪《ゆが》んだ目で相手を眺めた。

「賭けようじゃないか。俺が見つけてやる」彼は言った。

「いいでしょう」

向かいの家の暑苦しい寝室でレベカ・デ・アシスは枕に頭をうずめ、眠れぬまま昼寝で休息をとろうとしていた。こめかみには燻《いぶ》した葉が貼られていた。

「ロベルト」彼女は夫に言った。「窓を開けてくれないと暑くて眠れないわ」

ロベルト・アシスが窓を開けると、ちょうどアルカディオ判事が事務所から出てくるところだった。

「寝てろ」彼は言葉に力を込めた。妻は、ナイロンの軽いシャツの下から豊満な体を曝《さら》け出したまま、先端がバラ色の天蓋の下で両手を広げて横たわっていた。「もう二度とこの話はしないから」

口から溜め息が漏れた。

寝室で眠れぬまま何度も寝返りを打ち、吸い終わる直前に別の煙草に火を点けることを繰り返しながら夜を過ごしていたロベルトは、夜明け頃、すんでのところでビラの犯人を突き止めそこねた。家の前で紙の擦れる音、何度も壁に紙を押しつける手の音を聞きつけたのだが、ようやく事態を飲み込んだのはビラが貼られた後だった。窓を開けた時には、すでに広場に人気はなかった。

それからというもの、妻はありとあらゆる方法で夫を宥《なだ》めにかかり、午後二時になってようやく彼は、もう二度とビラの話はしないと約束した。最後の提案はまさに絶望のなせる業だった。身の潔白をきっぱりと証し立てるため、夫のいる前でアンヘル神父に向かって大声で告解する、と言ってのけたのだ。そんな屈辱的な提案だけで十分だった。まだ困惑を抜けきりはしなかったものの、夫は尻込みし、黙って引き下がるよりほかなかった。

「いつだってちゃんと話し合えばわかり合えるのよ」妻は目を閉じたまま言った。

9　古代ギリシャの哲学者。

「疑念を抱えたままでいたら、もっとひどいことになっていたでしょうね」

彼はドアをしっかり閉めて部屋を出た。密閉されて薄暗くなったこの広い家まで、隣の家で午睡を貪《むさぼ》る母の電気扇風機の唸《うな》りが伝わってきた。冷蔵庫からレモネードを取り出してコップに注いでいると、黒人の料理婦が眠そうな目を向けてきた。

自分用に確保した涼しい一角から彼女は、昼食をとるのか問いかけてきた。ロベルト・アシスが鍋の蓋を開けると、沸騰する湯の上で亀が丸ごと一匹仰向《あおむ》けに浮かんでいた。それまでは、亀が生きたまま鍋に放り込まれたこと、解体されて食卓に並んだ後も自分の心臓が鼓動を続けることを思うと、いつも身震いしたが、この時は何ともなかった。

「腹が空《す》かない」彼は蓋を戻し、ドアのところから言い添えた。「妻も昼食はとらない。ずっと頭痛がひかないらしい」

二軒の家は緑の敷石をしいた通路で繋がっており、通路へ出ると、共有の中庭の奥にある鶏舎の金網が見える。母の家の側に入ったところから、通路に色鮮やかな花の鉢がたくさん並び、庇《ひさし》から相当数の鳥籠が下がっていた。

デッキチェアで昼寝をしていた七歳の娘がしわがれ声で彼を迎えた。頰に生地の筋模様が刻みつけられていた。

「もう三時になるぞ」彼は小声で言って、陰鬱な調子で付け加えた。「分別を持ちなさい」

「ガラスの猫の夢を見た」少女は言った。

彼は軽い震えを抑えることができなかった。

「どんな猫だ？」

「全身がガラスでできているの」少女は言って、夢に現れた動物の形を両手で表そうとした。「ガラスの鳥みたいだけど、猫なの」

彼は真昼間に見知らぬ街で迷子になったような感覚に囚われ、思わず呟いた。「忘れろ、気にしても仕方がない」その時、寝室のドアに母の姿が見え、救われたような気持ちになった。

「よくなったね」彼は言った。

アシス未亡人は苦い表情を返し、「この齢《とし》でよくなんかならないよ」と愚痴をこぼしながら、鉄色のふんだんな髪を団子にまとめた。そして通路へ出て、鳥籠の水を換えた。

ロベルト・アシスは、さっきまで娘が寝ていたデッキチェアに崩れ落ちた。うなじの後ろに両手を回し、黒装束の骨ばった老婆が小声で鳥と言葉を交わす様子を生気のない目で追った。鳥たちは新鮮な水に飛び込み、陽気に羽ばたいて女の顔を濡らした。籠の掃除を終えると、アシス未亡人は不穏な空気で息子を包んだ。

「山へ出掛けたのかと思っていたわ」彼女は言った。

「いや」彼は言った。「いろいろすることがあるんだ」

「月曜日まで出掛けないのね」

彼は目で頷いた。黒人の家政婦が、学校へ向かう少女の手を引いて、裸足《はだし》のままリビングを通り過ぎた。二人が家を出るまで、アシス未亡人は廊下にとどまっていた。そして息子に合図すると、彼は母に続いて、電気扇風機の唸る広い寝室へ入った。彼女は古びた籐の揺り椅子に身を投げ、疲れ切った様子で扇風機の風を受けた。漆喰《しっくい》で白く塗られた壁に銅製のフレームが掛けられ、古い写真に昔の子供たちがうつっていた。ロベルト・アシスは豪華なキングサイズのベッドに横たわった。写真の子供の何人かが衰弱して塞ぎ込んだまま死んだのも、去年の十二月に彼の父が死んだのも、この同じベッドだった。

「何があったの？」未亡人が問いかけた。

「人の噂は信じるほう？」彼は問いを返した。

「この齢になったら何でも信じるものよ」未亡人は答え、物臭に問いを向けた。「どんな噂があるの？」

「レベカ・イサベルは俺の娘じゃない」

未亡人はゆっくりと体を揺らし始めた。「アシス家の鼻をしているわ」と言って、一瞬考えた後、ぼんやりと問いかけた。「誰がそんなこと言っているの？」ロベルト・アシスは爪を嚙んだ。

「ビラが貼られたんだ」

その時になってやっと未亡人は、息子の目の下の隈《くま》が単なる長い不眠の跡ではなかったことに思い至った。

「ビラと人の噂は別物だわ」きっぱりした調子で彼女は言った。

「でも、ビラに書かれるのは人が噂していることだけさ」ロベルト・アシスは言った。

「本人が知らないだけで」

だが、ずっと前から未亡人は、家族について町民がどんな噂をしているか、すべて知り尽くしていた。家政婦がたくさんいるばかりか、あらゆる世代の娘たちの代母役、庇護役を引き受ける身ともなれば、たとえ寝室に籠《こも》りきりでいようとも、巷《ちまた》の噂話につきまとわれずにはいられない。アシス家は、この町が豚の飼育場も同然だった頃からの怪しい創始者一族であり、噂話の格好の標的となっているらしかった。

「噂のすべてが真実ではないわ」彼女は言った。「本人が知らないだけで」

「ロサリオ・デ・モンテロがパストールと寝ていることはみんな知っていた」彼は言った。「最後の歌は彼女に捧げられていた」

「みんな噂していたけれど、誰も真相は知らなかった」未亡人は答えた。「でも、すでにわかっているとおり、歌を捧げた相手はマルゴー・ラミレスだったのよ。二人は結婚することになっていて、本人たちとパストールの母以外、誰もそれを知らなかった。この町で守られていた唯一の秘密をあれほど躍起になって守り通す必要はなかったのよ」

ロベルト・アシスは芝居がかった熱気を目に込めて母を見つめた。「今朝は、一瞬自分が死ぬんじゃないかと思った」彼は言った。未亡人の心が動いたようには見えなかった。

「アシス家の男は皆嫉妬深い」彼女は言った。「それがこの家の最大の不幸ね」

二人は長い間じっと黙っていた。すでに四時近くになり、暑さは引き始めていた。ロベルト・アシスが扇風機を止めると、家全体が女の声と鳥の鳴き声に溢《あふ》れて目を覚ました。

「ナイトテーブルの小瓶をとってちょうだい」未亡人は言った。

人工真珠のように丸く灰色の錠剤を二つ飲み、瓶を息子に返しながら言った。「二錠飲みなさい、きっと眠れるわよ」母がコップに残した水で彼は二錠飲み、枕に頭を横たえた。

未亡人は溜め息をつき、黙って考え込んだ。そしていつものように、自分と同じ階層に属する数家族について考えていることを町全体にあてはめながら言った。

「この町のいけないところは、男が山へ出掛けている間、女たちが家で独り過ごさねばならないことだわ」

ロベルト・アシスはうとうとしていた。未亡人は、髭を剃っていない顎と軟骨の尖《とが》った長い鼻を見つめ、死んだ夫のことを考えた。アダルベルト・アシスも絶望することがあった。粗野な大男で、セルロイドのカラーを着けたのは人生で十五分だけ、今もナイトテーブルに残る銀板写真を撮ってもらうためだった。この同じ寝室で妻と寝ている男を発見して撃ち殺し、こっそり中庭に埋めた、という噂があったが、真相は違っていた。アダルベルトが猟銃で撃ち殺したのは、寝室で着替える妻の姿を梁《はり》からじっと見つめながらマスターベーションに耽る現場をおさえた猿だった。彼が死んだのはその四十年後だが、とうとう最後まで俗説を正すことはできなかった。

アンヘル神父は段の少ない急階段を上った。二階へ着くと、廊下の壁にライフル銃や弾薬帯が掛かっており、突き当たりでは、野戦ベッドで仰向けに寝そべった警官が何か読んでいた。読書に夢中で、声を掛けられるまで神父の来訪に気づかなかった。警官は雑誌を丸めてベッドに座り直した。

「何を読んでいる?」アンヘル神父が問いを向けた。

警官はコミック雑誌を見せた。

「『テリーと海賊』[10]です」

太い鉄格子で廊下から仕切られた窓のない鉄筋コンクリートの独房が三つ並んでおり、神父はじっと視線を注いだ。中央の独房では、別の警官がパンツ姿でハンモックの上に両脚を広げて眠っていた。残り二つは空いており、アンヘル神父はセサル・モンテロのことを訊《たず》ねた。

「そこです」閉じたドアを頭で示しながら警官は言った。「司令官の部屋です」

「話してもいいか？」

「接見禁止です」警官は言った。

　アンヘル神父はそれ以上食い下がろうとはせず、囚人の健康状態について訊ねた。警官によれば、署で一番いい部屋を与えられて、明かりも水も完備しているが、もう二十四時間も何も食べていない、町長がホテルから取り寄せた食事まで拒んだ、という。

「毒を盛られるのが怖いのです」警官は言った。

「家から差し入れをしてもらえばいいだろう」神父は言った。

「妻の手を煩わすのが嫌なのです」

10　一九三四年から一九七三年までアメリカ合衆国の新聞に掲載された冒険漫画シリーズ。原作はミルトン・カニフとジョージ・ワンダー。

神父は独り言のように呟いた。「後で町長と話すことにしよう」廊下の突き当たりに町長自ら作らせた装甲部屋があり、そちらに足を向けようとした。

「そこにはいません」警官が言った。「この二日、歯痛で自宅にいます」

アンヘル神父が訪ねていくと、町長はハンモックに伸びきっており、塩水のピッチャーを載せた椅子の横に、鎮痛剤の箱と拳銃の付いた弾薬帯が見えた。頬は相変わらず腫れていた。アンヘル神父は別の椅子をハンモックに寄せた。

「抜いてもらいなさい」彼は言った。

町長は塩水でうがいして盥《たらい》に吐き出し、頭を上げる前に、「そう言うのは簡単ですが」と言った。アンヘル神父は理解し、小声で言った。

「お望みなら私が歯科医と話してきましょう」深く息を吸い込んで、思い切って付け加えた。「話のわかる男だ」

「頑固な奴です」町長は言った。「蜂の巣にでもしてやらないとわかりませんよ」

洗面台に向かって歩く彼をアンヘル神父は目で追った。町長は蛇口をひねり、腫れた頰を冷たい水に晒したまま、恍惚の表情でそのまま一瞬だけじっとしていた。そして鎮痛剤を嚙《か》んで、蛇口から両手で水をすくって飲んだ。

「冗談は抜きにして」神父は言った。「私が歯科医に話をつけてもいい」

町長は苛立ちを見せた。

「どうぞご随意に、神父様」

そのまま彼はハンモックに仰向けに寝そべって目を閉じ、両手をうなじに回して怒りのリズムで呼吸を始めた。痛みが引き始めた。目を開けると、ハンモックの横に座った神父が黙ったまま彼を見つめていた。

「いったい何の用です？」町長は問いを向けた。

「セサル・モンテロの件だ」神父はいきなり切り出した。「告解の必要があるだろう」

「接見禁止です」町長は言った。「明日、前もって手続きを済ませたうえで、告解をさせてかまいません。月曜日には送検します」

「四十八時間も経《た》っているのに」神父は言った。

「私の歯痛はこれで二週間です」町長は言った。

暗い部屋に蚊の羽音が響き始めた。アンヘル神父が窓から外を見つめると、川の上をバラ色の密集した雲が漂っていた。

「食事の問題は？」神父は問いかけた。

町長はハンモックから立ち上がってバルコニーのドアを閉めた。「私は務めを果たしています」彼は言った。「妻の手を煩わせたくないと言うし、ホテルの食事も受けつけません」部屋に殺虫剤を撒き始め、アンヘル神父はくしゃみをしないようポケットのハンカチを探ったが、代わりに出てきたのは、皺《しわ》の寄った手紙だった。「ああ」彼は指で手紙を伸ばしながら声を上げた。町長は殺虫剤を撒く手をいったん止め、神父は鼻を手で押さえたが、効果はなく、くしゃみが二つ漏れた。「ご心配なく、神父様」町長は言って、言葉に笑顔を添えた。

「民主主義の世の中ですから、くしゃみも自由です」

アンヘル神父も微笑み、封をした手紙を見せながら言った。「郵便局に出すのを忘れていた」ハンカチは袖に入っており、殺虫剤でむずむずしていた鼻を拭った。セサル・モンテロのことが頭から離れなかった。

「断食生活も同然でしょう」彼は言った。

「好きでそうしているのですから」町長は言った。「無理に食べさせるわけにはいきません」

「私が案じるのは心のほうだ」神父は言った。

鼻にハンカチをあてたまま神父は、町長が殺虫剤を撒き終えるまでその動きを目で追った。「毒を盛られるのが怖いというのなら、心中穏やかではあるまい」彼は言った。町長がボンベを床に置いて言った。

「パストールが誰からも好かれていることを知っていましたからね」

「セサル・モンテロもみんなから好かれていた」神父は答えた。

「しかし、偶然にも死んだのはパストールのほうです」

神父は手紙を見つめた。光が薄紫色に変わっていた。「パストールは告解もできなかった」彼は呟いた。町長はハンモックに潜り込む前に明かりを点けた。

「明日はよくなっていると思います」彼は言った。「手続きの後、告解を受けさせてかまいません。それでいいですか?」

アンヘル神父は了承し、「心の平穏のためだからね」と繰り返した。重々しい動きで立ち上がり、あまり鎮痛剤を飲み過ぎないよう町長を諭すと、彼のほうでは、手紙を出し忘れないよう神父に勧めた。

「それからもう一つ、神父様」町長は言った。「いずれにしても、歯抜き野郎とは話してみてください」そしてすでに階段を下り始めていた神父の姿を見つめながら、再び笑顔になって言い添えた。「すべては平和のためです」

　郵便局長は建物の入り口に腰を下ろして午後の終わりを見つめていた。アンヘル神父に手紙を渡されると、中に入って、航空便用に十五センターボ[11]の切手を舐《な》め、建築課金用[12]の切手を探して机の引き出しを引っ掻き回した。街灯が点り、神父はカウンターに小銭を置いて、何も言わず立ち去った。

　局長は引き出しを探り続けていたが、すぐに紙類の物色にうんざりして、封筒の角にインクで「五センターボ切手在庫なし」と書き入れた。その下にサインを入れ、局のハンコを押した。


　その日の夜、祈禱《ロザリオ》の後でアンヘル神父は、聖水盤にネズミの死体が浮かんでいるのを見つけた。トリニダッドが洗礼堂に罠を仕掛けていた。神父はネズミの尻尾をつまんで引き上げた。

「今に不慮の事態を引き起こすぞ」トリニダッドの目の前でネズミの死体を揺らしながら神父は言った。「信者のなかには、聖水を瓶に詰めて病人に飲ませる人もいるんだからな」

「関係ありませんよ」トリニダッドが言った。

「関係ないだと？」神父が答えた。「病人がヒ素入りの聖水を飲むことになるというのに」

トリニダッドはまだヒ素のお金をもらっていないことを伝えた。「漆喰です」彼女は言って、教会の隅に漆喰を塗っておくという新たなやり方を明かした。ネズミがそれを口にすると、即座に猛烈な喉の渇きに襲われて聖水盤に水を飲みに走り、腹で漆喰が固体化して息絶える。

「いずれにしても」神父は言った。「ヒ素を使ったほうがいいだろう。これ以上聖水にネズミはご免だ」

執務室に向かうと、レベカ・デ・アシスを中心とするカトリック女性の代表団が待っていた。トリニダッドにヒ素代を渡した後、神父は部屋の暑さに触れ、黙って待ち構える三人の女性と仕事机の後ろから向き合った。

11　通貨単位。一ペソの百分の一。
12　不明。一時的な課税制度か。

「ご用は何かな、ご婦人方」

女たちは互いに目を見合わせた。レベカ・デ・アシスが日本の風景をあしらった扇子を開き、単刀直入に切り出した。

「ビラのことです、神父様」

幼稚な伝説でも口にするような歪んだ声で、町が直面する危機について語り出した彼女は、パストールの死が「完全に個人的問題」であるとしながらも、由緒ある家柄の人々がビラへの憂慮を募らせていることを伝えた。

日傘の柄に寄りかかった最年長のアダルヒサ・モントヤは、もっとはっきりと意思を表明した。

「我々カトリック女性は、団結して事態の解決に臨むことにしました」

アンヘル神父は数秒間考え込んだ。レベカ・デ・アシスが深く息を吸い込んだところで神父は、なぜ女の息がこれほど熱い臭いを伴うのか不思議に思った。花のように輝かしい女であり、眩《まばゆ》いほど白い肌から溢れんばかりの健康が伝わってきた。神父は不確かな一点を見定めながら言った。

「私の考えでは、醜聞の声を意に介する必要はない。そんな手には乗らず、これまでどおり神のお導きに従っていればいい」

アダルヒサ・モントヤは頷いたが、残る二人は納得せず、「この事態がゆくゆくは不吉な結果をもたらしかねない」と主張した。その時、映画館の拡声器から咳のような音が聞こえた。神父は額を一つ叩き、「ちょっと失礼」と言いながら、引き出しを開けてカトリック検閲目録を探した。

「今日の上映は？」

「『宇宙の海賊』[13]」レベカ・デ・アシスが言った。「戦争映画です」

アンヘル神父はぶつぶつとタイトルの断片を呟きながら人差し指で長い分類リストをアルファベット順に辿《たど》った。ページをめくったところで指が止まった。

「『宇宙の海賊』」

人差し指が平行に移動して道徳的分類を探すうちに、いつものレコードではなく興行主の声が聞こえ、悪天候のため上映を延期することが告げられた。女の一人によれ

13　SF映画。一九五四年、アメリカ合衆国製作。ホリングワース・モース監督、リチャード・クレイン主演。

ば、中休み前に雨で上映が中断されると観客が返金を求めてくるのでこの決断に至ったのだという。

「残念だな」アンヘル神父は言った。「規制なしだったのに」

そして目録を閉じて続けた。

「言っているとおり、この町の住民は従順だ。十九年前、私がこの教区に派遣された頃には、名家の出身者に十一組も公然と同棲している男女がいた。今は一組が残るだけで、それも近いうちに解消されるだろう」

「問題は私たちではありません」レベカ・デ・アシスは言った。「哀れな人たちが……」

「憂慮するほどのことはない」相手の言葉を無視して神父は続けた。「この町はずいぶん変わった。最初の頃は、闘鶏場でロシアの踊り子が男たちだけのためにショーを披露したうえ、最後には、着ていたものをせりにかけて売ることさえあった」

アダルヒサ・モントヤが口を挟んだ。

「そのとおりです」

実際に彼女は、このショーについて聞いた話を覚えていた。踊り子が素っ裸になったところで、客席にいた老人が奇声を上げ、最上段まで駆け上がって観客に向かって小便をし始めたという。語り草によれば、他の男たちもこれに倣《なら》い、狂気の怒号が飛び交うなか、互いに小便をかけあう事態となった。

「いいかな」神父は続けた。「この知牧区《ちほく》[14]でこの町が最も従順であることはすでに証明済みだ」

彼は自説に固執し、人類の弱さ、脆《もろ》さとの闘いにあっては難しい瞬間もあることを説き続けたが、やがて女たちは部屋の暑さに打ちのめされて話に集中できなくなった。レベカ・デ・アシスが再び扇子を開いたところで、彼女の芳香がどこから来るのかアンヘル神父はやっとわかった。ビャクダンの香りが部屋の眠気で結晶化した。神父は袖からハンカチを取り出し、鼻にあててくしゃみが出ないようにした。

「それに」彼は続けた。「この教会は知牧区でいちばん貧相だ。道徳と健全な習慣を広めているうちに時が流れ、今や内陣はネズミだらけで、鐘も壊れている」

彼は首のボタンを外した。「物理的な仕事は若者にでも任せればいい」彼は言って

14　カトリックの教区がまだ設置されていない地域の宣教師管轄区。

立ち上がった。「だが、道徳を立て直すには、長年の経験と長期間にわたる辛抱強い仕事が必要だ」レベカ・デ・アシスが透きとおるような手を上げると、彼女の指でエメラルドの付いた結婚指輪が光った。

「だからこそ」彼女は言った。「ビラのせいで成果のすべてが失われかねない、私たちはそう思ったのです」

それまでただ独りずっと黙っていた女がこの間に口を挟んだ。

「それに、国が復興しつつある今、こんなことが続けば不都合な事態が起こりかねません」

アンヘル神父は棚から扇子を取り出し、几帳面に扇ぎ始めた。

「それとこれとは別だ」彼は言った。「確かに政治的に難しい時期はあったが、家族の道徳はしっかり守られている」

彼は三人の女の前で立ち上がった。「もうあと数年もすれば、私は知牧区長に会いに行って、この模範的な町を引き渡すつもりだ。あとは、若い新進気鋭の男が後を継いで、県で一番立派な教会を建ててくれることだろう」

物憂げに頭を下げながら彼は声に力を込めた。

「そうなれば、私は先人たちのもとで安らかに眠ることができる」

女たちは反対の声を上げ、アダルヒサ・モントヤが三人の考えを要約して表現した。

「ここは神父様の故郷も同然です。最後までここにいてください」

「新しい教会を建てるというのであれば」レベカ・デ・アシスが言った。「今から寄付を募ります」

「何事もタイミングが大事だ」アンヘル神父は答えた。

そして調子を変えて付け加えた。「今のところ、どこの教区であれ、老いるまでその先陣に立っているつもりはない。穏やかなアントニオ・イサベル・デル・サンティシモ・サクラメント・デル・アルタル・カスタニェダ・イ・モンテロ[15]の二の舞にはなりたくない。教区で鳥の死骸が雨となって降ってきたと司教に報告してきたので、調査員が駆けつけてみると、神父は町の広場で子供たちと泥棒警察ごっこをして遊んでいたという」

女たちは当惑を露わにした。

15　短編集『ママ・グランデの葬儀』などに登場。

「それは誰なのですか？」

「私の後を継いでマコンド[16]に赴任した司祭だ」アンヘル神父は言った。「当時百歳だった」

16 『百年の孤独』の舞台となる架空の町。

九月末から牙を剝き始めていた雨季がその週末から激しさを増していた。日曜日、町長がハンモックで鎮痛剤を嚙み続ける間も、河床から溢れ出た流れが低地に被害をもたらしていた。

月曜日の朝、初めて雨の小休止があり、町は何時間も復旧作業に追われた。ビリヤード場と理髪店は早くから開いていたが、大半の店は十一時まで閉まっていた。家を高台に運ぶ人々の姿を見て最初に仰天したのはカルミカエル氏だった。騒々しい集団が柱を引っこ抜いて、土壁と棕櫚葺き屋根の粗末な部屋をそのまま移動させていたのだ。

傘を広げたまま理髪店の庇に逃げ込んで面倒な作業をぼんやり見つめているうちに、店の主人の声が聞こえてカルミカエル氏は我に返った。

「止むまで待てばいいのに」理髪師は言った。

「二日待っても止みはしないでしょう」カルミカエル氏は言って、傘を閉じた。「うおのめが痛むのでわかります」

踝《くるぶし》まで泥に埋まって家を運ぶ男たちが、理髪店の壁にぶつかりながら通り過ぎていった。カルミカエル氏が窓越しに空っぽの屋内を見つめると、生活感のまったくない寝室が目に留まって、被災したような感覚に囚われた。

まだ朝の六時頃という印象なのに、もうすぐ十二時になるのではないかという腹具合だった。雨が止むまで店に座っていてくださいとシリア人のモイセスが声を掛けてきたが、カルミカエル氏は、二十四時間待ったところで雨は止まないという予想を改めて繰り返した。家の前の歩道に飛び移ったところで、戦争ごっこをしていた少年の一団が泥の球を投げ、アイロンをかけたばかりのズボンのわずか先の壁に当たった。シリア人エリアスは箒《ほうき》を手に店を駆け出し、アラビア語とスペイン語の混ざったわけのわからない脅しの言葉を少年たちに浴びせた。

少年たちは大はしゃぎだった。

「のろまのトルコ人」

カルミカエル氏は自分の服が汚れていないことを確かめ、傘を閉じて理髪店に入ると、まっしぐらに椅子へ向かった。

「いつも申し上げているとおり、あなたは慎重なお方ですね」理髪店の主人が言った。首にシーツが巻かれると、ラベンダー水の匂いを感じたカルミカエル氏は、歯科医の冷たい噴霧を浴びた時のような不安を覚えた。手始めに主人は、切り揃えられた髪をうなじに押さえつけた。カルミカエル氏は苛立ち、何か読むものがないか目で探した。

「新聞はないのですか？」

理髪師は仕事の手を休めることなく返答した。

「国にはもう公的新聞しかありません。私が生きているかぎり、そんなものをここへは入れません」

やむなくカルミカエル氏はくたびれた靴をしばらく見つめていたが、やがてモンティエルの未亡人について訊かれた。ドン・チェペ・モンティエルが亡くなって以来、会計士として長年仕えた彼が、遺《のこ》された商売を管理しており、今も未亡人の家に立ち寄ってきたところだった。

「とりあえず元気です」彼は言った。

「こちらは飢えて死にそうなのに」独り言のように理髪師は呟いた。「馬でも五日では横切れないほどの土地を彼女一人で持っているとは。区が十ほどすっぽり入るぐらいの土地でしょう」

「三つです」カルミカエル氏は言って、断固たる調子で付け加えた。「世界一善良な婦人です」

理髪師は洗面台まで移動して櫛《くし》を洗った。カルミカエル氏は、鏡に映る山羊《やぎ》のような相手の顔を見つめ、なぜ彼に敬意を覚えないのか改めて理解した。理髪師は鏡を見ながら話し出した。

「いい商売ですね。自分の政党が政権を取り、警察が敵方を銃で脅して、その所有地や家畜を言い値で買う」

カルミカエル氏はうなだれた。理髪師は再び髪を切り始めた。「選挙が終われば」彼は続けていた。「区三つ分にあたる土地の所有者になっていて、競争相手もいない、おまけに、政権が代わっても、自分がすべて取り仕切っていられる。まったくいい商売ですね、偽札作りよりおいしい」

「ホセ・モンティエルは政治問題が表面化するずっと前から裕福でした」カルミカエル氏は言った。

「脱穀場の入り口に下着姿で座っていましたよ」理髪師は言った。「九年前に初めて靴を履いたことは誰もが知っています」

「たとえそうだとしても」カルミカエル氏は譲歩した。「未亡人はモンティエルの商売と無関係です」

「見て見ぬふりをしていたでしょう」理髪師は言った。

カルミカエル氏は頭を持ち上げ、首からシーツの位置をずらして血流をよくした。

「だから私は妻に髪を切ってもらうほうがいいんです」彼は不満げに言った。「タダですみますし、政治の話もされなくてすみますからね」理髪師は彼の頭を前に押しやり、黙って作業を続けた。自分の手さばきを見せつけでもするように時折宙で鋏を鳴らすことがあった。通りの叫び声を聞きつけてカルミカエル氏が鏡越しに目を凝らすと、子供と女たちが引き抜かれた家の家財道具を持って入り口の前を通り過ぎていた。彼は恨みがましい調子で言った。

「これほど災難続きなのに、まだ政治の怨恨にこだわるのですか。迫害は一年以上も前に終わったのに、いつも同じ話を蒸し返すばかりだ」

「こうして見捨てられているのも迫害の一種です」理髪師は言った。

「だが、何も手出しはされない」カルミカエル氏は言った。

「我々を見捨てて神の御意に投げ出すのも手出しの一つです」

カルミカエル氏は苛立ちを露わにして言った。

「そんなのは詭弁だ」

理髪師は黙り、容器で泡を立てて、カルミカエル氏のうなじに刷毛《はけ》で塗りつけた。

「誰だって話したくなる時がありますよ」言い訳めいた口調になっていた。「中立の人にはなかなかお目にかかれませんからね」

「十一人の子供を養うためには、中立を保つ以外ありません」カルミカエル氏は言った。

「なるほど」理髪師は言った。

剃刀《かみそり》を一つ手の平に打ちつけ、黙ったまま指で泡を払いながらうなじを剃ってはズボンで拭っていた。最後にミョウバンのかけらをうなじにこすりつけ、黙って作業を終えた。

　カルミカエル氏は首のボタンをかけながら奥の壁に貼られた注意書きに目を留めた。「政治談議厳禁」肩から髪を払い除け、傘を腕に掛けたところで貼り紙を指差しながら訊いてみた。

「なぜ貼ったままに?」

「あなたは無関係です」理髪師は言った。「申し上げているとおり、あなたは中立です」

　カルミカエル氏は、今度はためらうことなく歩道へ飛び出した。角を曲がるまで理髪師はその姿を目で追っていたが、すぐに、不気味に濁った川の流れを見て恍惚となった。雨は止んでいたが、濃密な雲が町の上にずっと立ち込めていた。午後一時少し前、シリア人モイセスが店に入ってきて、頭のてっぺんからは髪が抜けているのにうなじの上でばかり異常に早く伸びることを嘆いた。

　シリア人は毎週日曜日に髪を切ってもらっていた。普段は、観念したようにうなだれ、理髪師が大声で繰り出す独り言にかまうことなくアラビア語で鼾《いびき》をかいているが、その日だけは、最初の問いにぎょっとして目を覚ました。

「さっきまでここに誰がいたかご存じですか?」

「カルミカエルでしょう」シリア人は言った。

「黒んぼの薄情者、カルミカエルです」一言ひとことをはっきり発音しながら彼は頷いた。「ああいう男は大嫌いです」

「カルミカエルは男ではありません」シリア人モイセスは言った。「もう三年も靴を新調していません。それでも政治となればやるべきことをやりますし、帳簿なら目をつぶったままでもつけられます」

そのまま彼は胸に顎をつけて再び鼾をかき始めたが、理髪師が腕を組んで彼の前に立ちながら言った。「このクソトルコ人め、あんた、いったい誰の味方なんだ?」シリア人は平然とした顔で答えた。

「私です」

「それはいけない」理髪師は言った。「あんたの同国人エリアスの息子は、チェペ・モンティエルの差し金であばらを四本も折られたんだ。それぐらいは覚えていないと」

「エリアスは運の悪い男で、息子が政治に首を突っ込んでしまいました」シリア人は言った。「しかし、今や息子はブラジルで元気に踊っていますし、チェペ・モンティエルはもうこの世にいません」

長く苦しい夜を重ねて散らかった部屋を出る前に、町長は右側にだけ剃刀をあて、左側は一週間伸び放題の髭をそのままにした。洗い立ての制服とエナメル靴を身に着け、雨が小止みになっていたので、ホテルへ下りて昼食をとることにした。

食堂には誰もいなかった。町長は四人掛けテーブルの間を抜け、奥の目立たない場所に座って声を掛けた。

「仮面たちよ」

丈が短くぴったりした服の娘が石のような胸を突き出して近寄ってきた。町長が目を上げることもなく昼食を注文すると、キッチンへの帰り道に娘は、食堂の隅の棚に置かれたラジオを点《つ》けた。ニュース短報が流れ、前夜の大統領の演説が引用された後、新たに輸入禁止とされた品目が読み上げられた。アナウンサーの声が辺りに立ち込めてくるにつれ、暑さが募っていった。スープを手に娘が戻ってくる頃には、町長は帽子で扇いで汗を抑えようとしていた。

「ラジオを聞いていると私も汗をかきます」娘は言った。

町長はスープを飲み始めた。ずっと前から思っていたとおり、たまにやってくる旅行者のおかげで生き永らえてきたこの物悲しいホテルは、町の他の場所と明らかに違っていた。実のところ、町ができる前からすでに存在していた。老朽化した木のバルコニーでは、内陸部から米の買い付けにやってきた商人たちが夜通しカードゲームに耽り、明け方に暑さが引いた後でようやく眠りにつく。最後の内戦を終結させる降伏協定の内容をマコンドで協議することになっていたアウレリアーノ・ブエンディーア大佐も、かつて同じバルコニーで一夜を過ごしたことがあるが、その頃はまだこの周囲数レグア[17]に町は一つもなかった。建物はその時のままで、電気とトイレがなかったことを除けば、木の壁もトタン屋根も食堂も、部屋を仕切る段ボールもまったく変わっていない。老いた出張者の話では、今世紀の初めまで食堂にはかなりの数の仮面が掛かっており、宿泊客たちは、これで顔を隠して中庭で衆目のもと用足しをしていたという。

町長は首のボタンを外してなんとかスープを飲み終えた。ニュース短報が終わると

17　距離の単位。コロンビアでは一レグア約五キロメートル。

韻文で宣伝文句が流れ、さらに、感傷的なボレロが続いた。メンソールを舐めたような男の声が死ぬほどの愛を抱え、女を追って世界を一周する決意を固める。町長は歌を聞きながら次の料理を待ったが、その時、椅子二脚と揺り椅子を担いでホテルの前を通る二人の少年に目が留まった。その後ろに、鍋や盆、その他の家財道具を持った女二人、男一人が続いていた。

　町長は入り口へ出て大声で言った。

「どこで盗んだ？」

　女たちは足を止め、男が家を高台に移動していることを説明した。どこへ向かっているのか訊いたところ、男は帽子で南を指しながら答えた。

「向こうの上です。ドン・サバスが三十ペソ[18]で土地を貸してくれました」

　町長は家財道具を調べた。壊れかけの揺り椅子、穴の開いた鍋。貧民の持ち物としか思えない。しばらく考えた後でようやく彼は言った。

「霊園の脇に空き地があるから、ガラクタ一式全部持ってそこへ行け」

　男は面食らった。

「あれは町の土地だから金はいらない」町長は言った。「無償で提供する」

そして女たちに向かって言い添えた。「ドン・サバスには、詐欺師まがいのことはやめるよう言っておけ」

食べ物を味わうこともなく食事を終え、煙草に火を点けた。吸い終わる前に次の煙草に火を点け、テーブルに肘をついたまま、相変わらずラジオから流れてくる感傷的なボレロに耳を傾けながら長い間考え込んでいた。

「何を考えているのですか?」空の皿を持ち上げながら娘が問いを向けた。

町長はまばたきもせず答えた。

「あの哀れな奴らのことだ」

そして帽子を被って食堂を横切り、入り口のところで体を捩《ねじ》りながら言った。

「もっと品のある町にしないとな」

角を曲がったところで獰猛《どうもう》な犬の喧嘩に道を阻まれた。咆哮《ほうこう》の渦のうちに脊椎と脚が絡まり合っていたが、やがて剝き出しの歯が見え、一方が尻尾を巻いて脚を引きずりながら退散した。町長は脇を抜け、警察署まで歩道を歩いていった。

18　通貨単位。一九五〇年の時点で一ドル=約二コロンビア・ペソ。

独房から女が叫んでおり、見張りの男は簡易ベッドでうつ伏せになって昼寝していた。町長がベッドの脚を蹴飛ばすと、見張りは跳ね起きた。

「誰なんだ?」町長は問いかけた。

見張りは姿勢を正した。

「ビラを貼っていた女です」

町長は部下たちに呪詛《じゅそ》の言葉をぶちまけ、いったい誰が、誰の命令で女を連行して独房にぶちこんだのか問いただした。警官たちは無駄な説明に終始した。

「いつぶちこんだんだ?」

土曜日の夜だという。

「女を出して、お前らの誰かが入れ」町長は声を荒げた。「女は独房に泊まったのに、町にはまた紙切れが貼られた」

鉄扉が開くや、骨ばった年増の女がかんざしで髪を留めた姿で現れ、喚《わめ》き散らしながら外へ出てきた。

「クソッたれ」町長は言った。

女は髪を解き、長くふんだんな髪を何度も揺らしながら、「ちくしょう、ちくしょ出し、女や警官たちのみならず町全体に届けとばかり、声を限りに叫んだ。

「もう紙切れはたくさん」

小雨が降り続いていたが、アンヘル神父はいつもどおり午後の散歩に出かけた。町長との面会にはまだ早く、浸水した地域まで出向いてみることにしたが、見つかったのは、花の間に浮かぶ猫の死骸だけだった。

戻る頃には午後の空気が乾き始めており、陽射しが強くなっていた。アスファルト地のシートに覆われた小舟が重々しい不動の川を下っていた。崩れかけた家から子供が飛び出し、巻貝のなかに海があると大声で叫んだ。アンヘル神父が巻貝に耳を近づけてみると、本当にそこに海があった。

アルカディオ判事の女が家のドア口に座っており、腹の上に腕を組んで恍惚とした表情で小舟を見つめていた。その三軒向こうから商店が並び、安物の展示や、入り口で無愛想に腰掛けるシリア人の姿が見えた。凝縮したバラ色の雲や、川の対岸で大騒ぎするオウムと猿に紛れて、午後が過ぎていった。

あちこちで家の窓が開き始めた。広場の薄汚れたアーモンドの木陰や、清涼飲料の手押し車の周り、並木道の傷んだ花崗岩《かこうがん》のベンチなどに人が集まり、言葉を交わしていた。アンヘル神父は、毎日午後、この時間になると町が奇跡の変貌を遂げることに思いを馳《は》せていた。

「神父様、強制収容所に囚われた者たちのことをご記憶ですか？」

アンヘル神父にヒラルド医師の姿は見えていなかったが、明かりに照らされた窓の後ろから微笑む様子が頭に浮かんだ。率直なところ、写真についてははっきり覚えてはいなかったが、どこかで見たことがあるはずだった。

「待合室へどうぞ」医師は言った。

アンヘル神父は金網の扉を押した。黄色い皮膚に押し込められて骨ばかりとなった性別不明の子供がマットの上で眠っていた。男二人と女一人が衝立にもたれかかって座っており、神父は何の臭いも感じなかったが、子供が強い口臭を放っているにちがいないと思った。

「誰だ？」彼は問いを向けた。

「息子です」女が答え、弁解めいた調子で付け加えた。「二年前から血便が出るんです」

子供は頭を動かすことなく目だけ入り口のほうへ向けた。神父は震えるほどの慈悲心を覚えた。

「それで、何をしてやったんだ？」彼は問いかけた。

「だいぶ前から青バナナを与えていますが」女は言った。「腸にいいはずなのに、食べようとしません」

「告解に連れてきなさい」神父は言った。

だが、言葉に自信が持てなかった。注意深く扉を閉めると、窓の金網を爪で引っ掻きながら顔を近づけ、中にいる医師の姿を確認した。ヒラルド医師はすり鉢で何かを潰していた。

「何の病気なんだ？」神父は問いかけた。

「まだ診ていません」医師は答え、思いつめたような調子で言い添えた。「何事も神の御意です、神父様」

アンヘル神父はこの言葉を無視した。

「人生でいろいろ死者を見てきたが、あれほど死者に近い子供は見たことがない」彼は言って、その場を辞去した。

港に船はなかった。暗くなり始めていた。アンヘル神父は、病人を見たせいで気分が変わってしまったことを悟った。ふと、面会の時間に遅れそうだと気づき、警察署への道を急いだ。

町長は両手の間に頭を挟んだまま折り畳み椅子で伸びていた。

「こんにちは」神父はゆっくりと言った。

町長が頭を起こすと、絶望で充血したその目を前に、神父は身震いした。一方の頰は剃り跡も眩しいほど爽やかなのに、反対側は灰色の軟膏に髭が絡みついて泥沼のようになっている。鈍いしわがれ声で彼は言った。

「神父様、この頭を撃ち抜きます」

アンヘル神父は愕然として言った。

「鎮痛剤の飲み過ぎで、中毒になっているようだな」

町長は壁に向かって靴を鳴らし、両手で髪を摑んだまま壁板に激しく頭を打ちつけた。神父にとって、これほどの痛みを目撃するのは初めての経験だった。

「もう二錠飲みなさい」自分のとまどいを意識的に正すようにして彼は言った。「もう二錠飲んだところで死にはしない」

確かにこれほどの痛みを見たことはなかったが、それだけではなく、自分が人の痛みに鈍感になっていることまではっきり感じられた。がらんとした部屋に視線を走らせて鎮痛剤を探すと、革のスツールが六つほど壁に寄せかけられており、埃だらけの書類が詰まったガラスケースと、釘に掛けられた共和国大統領のリトグラフが見えた。床一面に散らばったセロハン紙の空包みが鎮痛剤の唯一の痕跡だった。

「どこにあるんだ？」絶望の調子で神父は言った。

「もう効きませんよ」町長は言った。

神父は近寄って繰り返した。「どこにあるか言いなさい」町長が乱暴に振り向き、アンヘル神父は目と鼻の先に怪物のような巨大な顔を突きつけられた。

「ちくしょう」町長は叫んだ。「ほっといてくれと言っているのに」

彼はスツールを一つ頭上に持ち上げ、絶望の力を振り絞ってガラスケースに投げつけた。瞬時にガラスの雹《ひょう》が降り、埃の靄《もや》の間から落ち着き払った姿の町長が見えるまで、神父には何が起こったのかわからなかった。一瞬だけ完全な沈黙が流れた。

「警部補」神父は呟いた。

廊下に通じるドアのところで警官隊がライフルを構えていた。町長は猫のように息をつきながら彼らの姿を見るともなく眺め、警官たちは銃を下ろしたが、ドアのところから動こうとはしなかった。アンヘル神父は町長の腕をとって折り畳み椅子まで導いた。

「鎮痛剤はどこだ？」同じ問いを繰り返した。

町長は目を閉じて頭を後ろへ反らせた。「もうそんなものはいりません」彼は言った。「耳鳴りがして、頭蓋骨が眠っていくようです」束の間だけ痛みが和らいだところで、彼は頭を神父のほうへ向けて問いかけた。

「歯抜き野郎とお話しなさいましたか？」

神父は黙って頷いたが、その後に続いた表情を見て町長は結果を悟った。

「ヒラルド医師と話してみてはどうかな？」神父は訊いた。「抜歯をする医者もいる」

町長は返答に少し時間を要した。

「きっと、鉗子《かんし》がないとかなんとか言うことでしょう」そう言った後に付け加えた。

「あいつらはグルです」

痛みが和らいでいる間に、無慈悲な午後を逃れて小休止をとった。目を開けた時にはすでに部屋は薄暗かった。アンヘル神父の姿は見えなかったが、彼は言った。

「セサル・モンテロのことでいらしたのでしょう」

答えは聞こえなかった。「この痛みのせいで何もできませんでした」町長は続け、起き上がって明かりを点けると、最初の蚊の群れがバルコニーから入ってきた。アンヘル神父は時間に驚愕して言った。

「時の経つのは早い」

「いずれにせよ、水曜日には送検します」町長は言った。「明日には必要な手続きを済ませますから、午後に告解なさってください」

「何時に？」

「四時」

「雨でも？」

町長は二週間苦しみながら押さえつけてきた苛立ちのすべてを視線に込めた。

「ええ、神父様、たとえ世界の終わりが来ても」

鎮痛剤もまったく痛みには効かなくなっていた。町長は部屋のバルコニーにハンモックを吊って、夜早い時間の涼とともに眠ろうとしたが、八時には再び絶望的な痛みに苛《さいな》まれ、濃密な熱波にまどろむ広場に降り立った。

痛みをやりすごすために必要な刺激を求めて辺りを歩き回った末、映画館に入ったが、これが大間違いだった。唸りを上げる戦闘機のせいで痛みはさらにひどくなり、薬局へ駆け込むと、ちょうどドン・ラロ・モスコーテがドアを閉めようとしているところだった。

「歯痛に効く一番強い薬をくれ」

薬剤師は茫然とした目で相手の頰を見つめた。そして二列に並ぶ棚の間を通って店の奥に向かった。ガラス扉の向こうに延々と陶器の小瓶が並んでおり、それぞれに製品名が青字で刻印されていた。薬剤師の姿を背後から見つめながら町長は、血色のいい太ったうなじのこの男が今歓喜の瞬間を味わっていることを理解した。この男のことならよく知っている。薬局の奥の二部屋に住んでいて、肥満体の妻はかなり前から中風を病んでいる。

ドン・ラロ・モスコーテがラベルのない陶器の小瓶を手にカウンターへ戻り、蓋をとった瞬間、甘いハーブの湯気が立ち昇ってきた。

「それは何だ?」

薬剤師は小瓶に入った種に指を突っ込んで言った。「コショウソウです。よく噛んで、汁を少しずつ飲んでください。リュウマチにはこれが一番効きます」そして乾いた種を手の平に載せ、眼鏡越しに町長を見ながら言った。

「口を開けて」

町長は嫌がった。小瓶を回して何も書かれていないことを確認し、視線を薬剤師に戻した。

「何でもいいから外国のものをくれ」

「外国のどんな薬より優れものです」ドン・ラロ・モスコーテは言った。「三千年の民衆の知恵に裏打ちされていますから」

彼は新聞紙に種を包み始めた。一家の大黒柱には見えず、子供にやる紙の鳥でも作るように優しくまめな手つきでコショウソウを包む様子は、さながら母方の叔父とでもいったところだった。頭を上げた時には、顔に笑みが浮かんでいた。

「抜けばいいでしょう」

町長は答えなかった。紙幣を置いて、釣りを待つこともなく薬局を出た。

深夜になっても、まだ種を噛む気にならないままハンモックで体を揺り続けていた。暑さが頂点に達する十一時ごろ、にわか雨が降り出し、やがて霧雨になった。粘ついた冷たい汗に震えながら、熱に憔悴《しょうすい》した体でうつ伏せに伸びたまま、口を開けて心の中で祈り始めた。筋肉が最後の痙攣《けいれん》に震えた状態で必死に祈ったが、神との交信を求めて足掻《あが》けば足掻くほど、痛みによって逆方向に追いやられていくことが感じられた。そしてブーツを履き、パジャマの上からレインコートを引っ掛けて警察署へ向かった。

声を荒げながら町長は中へ踏み込んだ。現実と夢のマングローブに絡まったように警官たちが通路に殺到し、暗闇で武器を探し始めた。明かりが点いた時もまだ着替えが終わっておらず、彼らはそのまま命令を待った。

「ゴンサレス、ロビラ、ペラルタ」町長は叫んだ。

呼ばれた三人が集団から離れ、町長を囲んだ。三人ともごく普通のメスティソ[19]であり、なぜ選ばれたのか、外見からはまったくわからなかった。頭を丸刈りにした童顔の男はＴシャツ姿だった。他の二人はＴシャツの上に軍服を着ていたが、ボタンが留められていなかった。

明確な指示が出されぬまま、三人は町長に続いて階段を四段飛ばしで駆け下り、縦一列に並んで署を後にした。小雨を気にすることなく通りを横切り、歯科診療所の前で全員立ち止まった。二度いっせいに銃尾を打ちつけてドアを粉砕し、中に入ったところで玄関の明かりが灯《とも》った。小柄で禿げ頭、皮膚に筋の目立つ男が下着姿にバスローブを羽織って奥のドアから姿を見せた。咄嗟《とっさ》に両手を上げ、カメラのフラッシュでも浴びたように呆然と口を開けたが、直後に、後ろへ飛びのこうとして、寝間着姿で寝室から出てきた妻とぶつかった。

「落ち着け」町長は言った。

女は口に手をあてて「ああ」の言葉を漏らし、寝室へ引っ込んだ。歯科医はローブの紐を結びながら玄関ホールへ向かい、その時初めて、三人の警官にライフルを向けられていること、そして町長がレインコートのポケットに手を突っ込んで平然と全身から水を滴らせていることに気がついた。

「奥さんが部屋から出てきたら発砲しろと命じてある」町長は言った。

19　ラテンアメリカで白人とインディオの混血者。

歯科医はドアノブを掴んで部屋の中に向かって言った。「聞いたな、お前」そして几帳面にドアをぴったり閉めた。色褪《いろあ》せた籐の家具の向こうから曇った目の銃口に監視された状態で彼は診察室へ歩いた。二人の警官が先回りして診察室のドアへ駆け寄り、一人が明かりを点けた後、もう一人が作業机に直行して引き出しから拳銃を取り出した。

「もう一丁あるはずだ」町長は言った。

歯科医に続いて彼は最後に診察室に入った。三人目の警官がドアの見張りにつく一方、二人の警官は素早く室内を調べ上げた。作業机の上にあった道具箱をぶちまけ、床に石膏の型や作りかけの入れ歯、バラバラの歯や金の歯冠を蹴散らし、ガラスケースの陶器の小瓶を片っ端から開け、診療台のゴム枕や回転椅子のゼンマイ式クッションを銃剣で素早く八つ裂きにした。

「《ラルゴ38》、長身銃だ」町長は言った。

歯科医を睨《にら》みつけながら彼は続けた。「どこにあるかさっさと言ったほうが身のためだぞ。家を丸ごと壊すつもりはない」金縁眼鏡の向こうにある歯科医の暗く細い目は完全に無表情だった。

「私は急ぎません」落ち着いた返答だった。「お望みならすべて壊していただいて結構です」

町長は考え込んだ。表面のざらついた板張りの小部屋をもう一度調べた後、部下たちに手短に指示を出しながら椅子に向かった。通りのドアに一人、診察室の入り口にもう一人、窓の脇に最後の一人、それぞれ見張りに立たせることにした。椅子に座ったところでようやく濡れたレインコートのボタンを掛けると、冷たい金属に覆われたような気がした。クレオソート[20]で薄まった空気を深く吸い込み、頭を固定して息を調《ととの》えようとした。歯科医は床からいくつか道具を拾い上げ、鍋で煮沸を始めた。

町長に背を向けてアルコールランプの青い火を見つめるその表情は、一人で診察室にいる時と変わりがないようだった。湯が沸騰したところで鍋の柄に紙を巻き、椅子のところまで運んだ。警官が行く手を遮っており、歯科医は鍋を下ろして湯気越しに町長を見つめながら言った。

「邪魔にならない位置に移動するようこの刺客に命じてください」

20　コールタールに由来する液体。殺菌・消毒効果がある。

町長の合図を見て警官は窓から離れ、椅子までの通り道を空けた。そして椅子を壁に寄せかけ、脚を開いて座った後、太腿《ふともも》にライフルを載せて見張りを続けた。歯科医がランプを点けると、突然の光に目がくらんで町長は目を閉じ、同時に口を開けた。痛みはひいていた。

歯科医は、患者のすがるような呼吸など意にも介することなく、人差し指で腫れた頬を引っ張り、反対の手で可動式のランプを動かしながら虫歯の位置を確かめた。そして袖を肘までまくり上げ、抜歯に取り掛かった。

町長は彼の手首を摑んで言った。

「麻酔」

初めて二人の目が合った。

「あなた方が人を殺す時は麻酔なしでしょう」歯科医は優しい調子で言った。

鉗子を握る歯科医の手が抵抗する気配はなかった。「アンプルを持ってこい」町長は言った。角にいた警官が二人のいるほうに銃口を向け、二人とも椅子の位置からライフルの撃鉄が上がる音を聞き取った。

「ないものと思ってください」歯科医は言った。

町長は手を放した。「ないはずがない」彼は切り返し、すがるような目で床に散らばった品々を見渡した。歯科医は同情の目で相手を見つめた。町長の頭を椅子に押しつけ、初めて苛立ちを露わにしながら彼は言った。

「いい加減にしてください、警部補。こんな膿瘍《のうよう》があるのに麻酔など効きはしません」

人生で最も恐ろしい瞬間を終えた町長は、全身の筋肉を弛緩《しかん》させ、椅子の上でぐったりしていた。天井の紙張りに残る湿気の暗い染みは死ぬまで記憶から消えないことだろう。歯科医が洗面器で何かを洗う気配が感じられた。続けて、引き出しを元の位置に戻し、床に散らばった物を無言で片づけているらしかった。

「ロビラ」町長が声を上げた。「ゴンサレスを呼んで、床に散らばったものを一緒に片づけて元どおりにしろ」

警官たちは指示に従った。歯科医は鉗子で綿をつまみ上げ、鉄色の液体に浸した後に、歯の後に残った穴を塞いだ。町長は表面が疼くような感触を味わった。歯科医に口を閉じられた後も、彼は天井に視線を釘づけにしたまま物音に注意し、部下たちが記憶を頼りに診察室の整然たる秩序を再現しようと努める様子を確かめていた。二時の鐘が鳴った。小雨が降り続くなか、イシチドリが一分遅れで二時を繰り返した。直後、措置がすべて終わったことを察した町長は、身振りで警官たちに合図して署へ戻るよう伝えた。

その間も歯科医はずっと椅子の脇に控えていた。警官たちが去ったところで歯茎に詰めていた綿を取り除いた。そのままランプをあてて口の中を調べ、再び顎を合わせた後に光をどけた。すべてが終わった。暑い部屋に残る奇妙な気まずさは、最後の俳優が去った後に劇場の掃き掃除をする者たちだけが知る感覚だった。

「恩知らずめ」町長は言った。

歯科医はローブのポケットに両手を突っ込み、一歩後ずさって相手を通した。「家宅捜索の令状が出ていたうえ」光の輪の後ろから目で歯科医を探りながら町長は続けた。「武器と弾薬及び国家的陰謀の細部を記した書類一式を見つけてくるよう明確な指示を受けていた」まだ潤んだままの目を歯科医に向けて彼は付け加えた。「命令に背くことが利益に適《かな》うと思っていたが、それが間違いだった。今や事態は変わり、反対派も身分を保障され、誰もが平和に生きているというのに、あなただけは相変わらず陰謀を企んでいる」歯科医は袖で椅子のクッションを持ち上げ、破壊されていない側に置いた。

「そういう態度は町には有害だ」歯科医が彼の頬に投げかける思いつめたような視線にかまうこともなく、クッションを指差しながら町長は続けた。「おかげで、通り側のドアも含め、器物損壊の代償を町が負担せねばならない。すべてあなたが片意地を張るからだ」

「フェヌグリーク[21]を入れた水でよくうがいなさい」歯科医は言った。

21 マメ科の一年草植物。香辛料やハーブとして用いられる。

アルカディオ判事の辞書には欠けている文字があり、電信所の辞書で調べてみたが、何も明らかにはならなかった。「誰にでも風刺を向けることで有名だったローマの靴職人の名前」その他、どうでもいい定義ばかりだった。これで歴史的に正しいというのなら、家の門に貼られた匿名の侮辱を《マルフォリオ》[22]と呼んでも不思議ではない、そんなことを思ったが、落胆したわけではなかった。調べるのに要した二分間、務めを果たしたという安心感を久しぶりに味わった。

今や顧みられることもない郵便と電信に関する法令集・規程集が並ぶ棚に判事が辞書を返す様子を見ていた電信技師は、力を込めた警告とともに文面の通信を終えた。そしてカードを混ぜながら近寄って、三枚のカードをあてるという流行《はや》りの手品を披露しようとした。しかし判事は相手にせず、「今は忙しい」と告げて灼熱の通りへ出た。まだ十一時で、随分時間を潰さなければこの火曜日は終わらない、そんな漠たる確信につきまとわれた。

事務所へ戻ると、町長が道徳的問題を抱えて待ち構えていた。前回の選挙の際、警察が敵対する党の選挙人カード[23]を押収して破棄していたため、町民の大半は身分証明書を持っていない。

「家を移動している人々は」町長は腕を広げながら締めくくった。「自分の名前さえわからない」

広げた両腕の背後で町長が本気で心を痛めていることがアルカディオ判事にはわかった。だが、問題は簡単であり、それならば住民登録係の任命を申請すればいい。秘書はさらに単純な解決策を示した。

「呼び寄せるだけでしょう」彼は言った。「一年前にすでに任命されているのですから」

22　スペイン語には存在しない言葉。
23　選挙権を持つ国民全員に配られる身分証明書。

町長は思い出した。数カ月前、住民登録係の任命について通知が届いた際には、彼自ら長距離電話でどのように迎えればいいか問い合わせ、「銃撃せよ」という返答を受けていた。今は状況が変わっている。町長はポケットに手を突っ込んで秘書のほうへ向き直りながら言った。

「手紙を書いてくれ」

タイプライターの音のおかげで事務所に活気が吹き込まれ、それがアルカディオ判事の内面に反響した。中身は空っぽだった。端を切った煙草をシャツのポケットから取り出し、両手の平ですり合わせてから火を点けた。そして椅子の背をスプリングの限界まで後ろに反らせ、その姿勢のまま、今自分が人生の一瞬を生きている、という絶対的確信に囚われた。

彼は言葉を選んでから口を開いた。

「私なら、公共省の代理人も任命しますね」

予想に反して町長は即答を避けた。時計を見たが、時間を気にしたわけではなく、まだ昼食までかなり時間があることを確認するだけで満足した。やがて話し出したが、その口調に熱意は感じられず、公共省の使者を任命する方法がわからない、と言っただけだった。

「代理人を任命するのは町議会です」アルカディオ判事は説明を始めた。「現在議会は閉鎖中ですから、暫定政府から任命の権限を付与されているのは町長です」

町長は読みもせず手紙にサインしながら話を聞いていた。そして熱を込めて話し始めたが、そこで秘書が口を挟み、上役の勧める措置の倫理的問題点を指摘した。アルカディオ判事は自説を繰り返し、それが臨時政府による臨時の措置であることを強調した。

「そうだろうな」町長は言った。

彼が帽子をとって扇ぎ始めたところで、額に刻まれた帽子の跡にアルカディオ判事の目が留まった。帽子の動かし方を見れば、町長の考えがまだまとまっていないことがうかがえた。曲がって伸びた小指の爪で煙草の灰を落としながら、彼はしばらく待った。

「誰かいい候補がいるのか？」町長は訊いた。

秘書に向かって話していることは明らかだった。

「候補」判事が目を閉じながら繰り返した。

「私なら誠実な男を選びます」秘書が言った。

判事は聞き咎《とが》め、「当然ですね」と言って、二人の男を交互に見やった。

「例えば」町長は言った。

「今は思いつきません」思いつめたように判事は言った。

町長はドアのほうへ歩き出した。「考えておいてくれ」彼は言った。「洪水の問題が片付いたら、代理人の問題に手をつけるとしよう」秘書は町長の靴音が聞こえなくなるまでタイプライターの前で俯いていた。

「どうかしているのでしょう」ようやく彼は口を開いた。「一年半前に代理人が銃尾で頭を滅多打ちにされて死んだというのに、今またその職に就く候補を探そうというのですか」

アルカディオ判事は飛び上がった。

「俺は帰る」彼は言った。「お前の恐怖話で昼飯を台無しにされたらかなわない」

事務所を出ると、正午の風景に何か不吉なものが感じられ、秘書は持ち前の迷信深さを発揮してそれを嗅ぎつけた。錠をかけながら、禁じられた行為でもしているような気分になって逃げ出した。電信所のところでアルカディオ判事に追いつくと、判事はカードの手品がどうにかしてポーカー・ゲームに応用できないか思案していた。電信技師は種明かしを拒み、その代わり、謎が解けるまで何度でも手品を披露してみせようと持ちかけた。秘書も一緒に手品を観察し、最後には結論に行き着いた。だが、アルカディオ判事のほうは、三枚のカードを見ようともしなかった。最初に彼が選んだ三枚が、何も見ていなかった電信技師の手に載っていることはわかりきっていた。

「魔法です」電信技師は言った。

アルカディオ判事の頭にあったのは、どうやって通りを渡り切るかという大冒険だけだった。観念して歩き始めると、秘書の腕を摑み、彼を巻き添えにして、ガラスが溶けるような空気に飛び込んだ。ようやく歩道の日陰に辿り着くと、そこで秘書は手品の種を明かした。そのあまりの単純さに、アルカディオ判事は侮辱されたような気がした。

二人はしばらく黙ったまま進んだ。

「当然」出しぬけに判事は無意味な怨念を込めて言った。「君自身が情報収集したのではないな」

秘書は一瞬その言葉の意味を考えあぐねた後に言った。

「難しいですね。ビラの大半は夜明け前に剝がされます」

「それも俺には理解できない手品だ」アルカディオ判事は言った。「誰も読まないビラなんて、俺なら気にしない」

「そこですよ」すでに秘書の自宅に差し掛かっており、彼は足を止めながら言った。「悩みの種はビラ自体ではなく、ビラへの恐怖なのです」

不完全であるとはいえ、アルカディオ判事は秘書の集めた情報を知りたがった。名前と日付とともに回数を書き留めていくと、七日間で十一枚にのぼっていた。十一人の間に関連性はまったくない。ビラを見た者が口を揃えて言うのは、青インクを筆で塗りたくったブロック体の字で書かれており、子供が書いたように大文字と小文字がごちゃ混ぜになっている、という点だった。しかも、わざと間違ったとしか思えないほど愚かしい綴《つづ》りのミスが多い。とりたてて秘密を暴いているわけではなく、随分前から周知の事実となっていること以上の内容は含まれない。ありとあらゆる憶測を並べ終えたところで、店にいたシリア人モイセスに声を掛けられた。

「一ペソお持ちで?」

アルカディオ判事には何のことかわからなかったが、ポケットを裏返しにして見せると、計二十五センターボと、大学時代からお守り代わりに持っているアメリカの硬貨が一枚出てきた。シリア人モイセスは二十五センターボを受け取った。

「何でも好きなものをお持ちください、支払いはいつでもかまいません」彼は言って、空っぽの引き出しに硬貨の音を鳴らせた。「神の名を唱えることなく午前を終える気にはなりません」

そしてアルカディオ判事は、十二時の鐘とともに、女へのプレゼントを手に帰宅した。彼がベッドに腰を下ろして靴を履き替えている間、彼女はプリント柄の絹の生地を体に張りつけて、新調した服を出産後に着たらどんな姿になるだろうかと想像した。夫の鼻にキスしようとすると、判事は逃れようとしたが、彼女は相手にのしかかってベッドに体を横たえさせた。二人はそのまましばらくじっとしていた。アルカディオ判事は女の背中に手を回し、大きくなったお腹《なか》の温もりを感じていたが、やがて腎臓のあたりに震えを感じた。

彼女は頭を上げ、歯を食いしばって呟いた。

「待って、ドアを閉めるわ」

町長は最後の家が建つまで待っていた。二十時間で完成された広く平らな新しい通りは、霊園の壁で出しぬけに途切れていた。住人たちと肩を並べて家具の設置を手伝った後、町長は息も切れ切れの状態でいちばん近い家の台所に入っていった。急ごしらえで床に据えられた石造りの竈《かまど》でスープが煮えており、土鍋の蓋をとると、一瞬にして湯気が広がった。竈の反対側で、大きな落ち着いた目の痩せこけた女が無言で町長を見つめていた。

「昼食だな」町長は言った。

女は答えなかった。勧められもしないまま町長は皿にスープをよそった。すると女は椅子を探しに部屋へ入り、町長が座れるようテーブルの前に置いた。スープを飲みながら中庭を見つめると、彼は畏怖のようなものを覚えた。昨日までここは何もない空き地だったのに、今は洗濯物が干され、泥のなかで豚が二頭のたうち回っている。

「種蒔《たねま》きだってできるだろう」彼は言った。

俯いたまま女は答えた。「豚に食われます」続けて、同じ皿に茹《ゆ》で肉一切れ、ユカイモ二切れ、青バナナ半分をよそって、町長の前に置いたが、一見寛容なこの行為を仰々しく強調することで、最大限の無関心を示していた。顔に笑みを浮かべた町長は、視線を動かして女の目を探った。

「全員分あるのだろう」彼は言った。

「神の御意で消化不良が起こりますよう」女は目を合わすことなく言った。

町長は嫌味を受け流し、食事に集中することで、首を伝って流れ落ちる汗をやり過ごした。食べ終わると、相変わらず目を逸《そ》らせたまま女が皿を片づけた。

「いつまでそんな態度を続けるんだ?」町長が問いかけた。

落ち着いた表情を崩すことなく女が答えた。

「殺された者たちが蘇るまでです」

「時代は変わった」町長は言った。「新政府は市民の幸福に気を配っている。それなのにお前たちときたら……」

女が遮った。

「同じ奴らが同じ……」

「二十四時間でこんな居住区が出来上がるなんて前代未聞じゃないか」町長は食い下がった。「品位ある町にしようと努力しているんだ」

女は針金から乾いた服を取り込んで部屋に持ち帰った。答えが聞こえるまで町長は彼女から目を離さなかった。

「あなたたちが来る前は品位のある町でした」

コーヒーまで待ちはしなかった。「恩知らずめ」町長は言った。「土地までタダでやっているのに、まだ文句があるのか」女は答えなかったが、町長が台所を横切って通りへ歩き出したところで、竈の上に身を屈めながら呟いた。

「ここの居心地は最悪です。裏庭に死者がいるせいで、いつもあなたたちのことを思い出すのですからね」

船が到着するまでの間、町長は睡眠をとろうとしたが、暑さに耐えられなかった。頬の腫れはひき始めていたが、それでも気分は優れなかった。その後二時間、部屋で蟬《せみ》の鳴き声に耳を傾けながら、どちらに流れているのかもわからない川を眺め続けた。頭のなかは空っぽだった。

船のエンジン音が聞こえると、服を脱いでタオルで汗を拭い、制服を着替えた。そして蟬を探し、親指と人差し指で捕まえて通りへ出た。船を待っていた人波のなかから清潔で身なりもいい少年が飛び出し、プラスチック製の機関銃で彼の行く手を遮った。町長は彼に蟬をやった。

直後から、シリア人モイセスの店に座って船の荷下ろし作業を見つめた。十分間、港は煮えたぎるようだった。町長は胃の重みとともに鋭い頭痛を感じ、女の悪意を思い出した。八時間じっとしていた乗客たちが筋肉をほぐしながら木製の足場を横切る様子を見つめるうちに、やっと気分が落ち着いてきた。

「同じことだ」彼は言った。

シリア人モイセスが目新しいものに気づき、サーカスだと言い出した。なぜかはわからなかったが、町長もそうだと思った。おそらく、船の屋根にたくさんの棒と色とりどりの生地が見え、まったく同じ花柄のドレスを着て分身のようにそっくりな女が二人乗っていたからだろう。

「少なくともサーカスは来たわけだ」彼は呟いた。

シリア人モイセスは猛獣や曲芸師の話を始めたが、サーカスに対する町長の見方は違った。彼は脚を伸ばしてブーツの先を見つめながら言った。

「町の進歩だな」

シリア人モイセスは扇子の手を止め、「今日の売り上げがいくらかわかりますか」と問いかけた。町長はわざわざ考えてみようとも思わなかったが、とにかく答えを待った。

「二十五センターボです」シリア人は言った。

その瞬間、郵便用のずだ袋を開けてヒラルド医師に手紙を渡す電信技師の姿が町長の目に留まった。彼に声を掛けると、公的郵便は別の封筒で届いていた。開封してみると、中身は型どおりの通信と政府のプロパガンダが刷られた紙だけだった。読み終えた時には波止場の様子が一変しており、商用の品々、雌鶏を入れたずだ袋、そして謎めいたサーカスの仕掛けが見えた。日が傾き始めており、彼は溜め息をつきながら体を起こした。

「二十五センターボか」

「二十五センターボです」シリア人が野太い声で息もつかず繰り返した。

ヒラルド医師は船からの荷下ろしを最後まで見つめていた。彼につられて町長の視線が動き、両腕に何重もブレスレットをはめた厳かな外見の逞《たくま》しい女性が目に留まった。カラフルな日傘の下でメシアの到来でも待っているようだった。町長はこの新参者についてわざわざ考えてみようとはしなかった。

「調教師でしょうね」彼は言った。

「ある意味そのとおりですね」ヒラルド医師は尖った石のような歯で言葉を嚙み潰しながら言った。「セサル・モンテロの義母です」

町長はそのまま通り過ぎ、時計を見ると、三時三十五分だった。署の入り口で見張りに声を掛けられ、アンヘル神父が三十分ほど待っていて、また四時に戻ると言い残して去ったことを知らされた。

再び通りに出ると、手持無沙汰で歩いているうちに、診察室の窓越しに歯科医の姿を認め、火を求めて近寄っていった。歯科医はマッチを差し出し、まだ腫れた頰を見つめた。

「もう大丈夫だ」町長は言った。

彼が口を開けると、歯科医が状態を調べた。

「治したほうがいい歯がたくさんありますね」

町長は腰に着けた拳銃の位置を直した。「また来るよ」彼は言った。歯科医の表情は変わらなかった。

「いつでもどうぞ、ここであなたの死に目にあうのが私の願いです」

町長は彼の肩を一つ叩き、上機嫌で「叶《かな》わぬ願いだな」と言った。そして両手を広げて締めくくった。

「俺の奥歯は党派を超えているからな」

「それでは結婚しないというのだな」

アルカディオ判事の女は脚を開いた。「まったく考えていません、神父様」彼女は答えた。「もうすぐ出産という今となってはなおさらです」アンヘル神父は川のほうへ目を逸らせた。溺れ死んだ大きな牛が一本の筋となって流され、ハゲタカにたかられていた。

「私生児になってしまうぞ」彼は言った。

「かまいません」彼女は言った。「アルカディオが優しくしてくれます。無理に結婚なんかさせようとしたら、後で束縛を感じて、私に辛《つら》く当たるようになります」

木靴を脱いでいた彼女は、膝を開いて、馬の頭のように伸びる足の指をスツールの横木に載せたまま話していた。膝に扇子を置き、大きな腹の上で両腕を組んでいた。アンヘル神父が黙っているので、「まったく考えていません、神父様」と彼女は繰り返した。「ドン・サバスに二百ペソで引き取られて、三カ月たっぷりいたぶられた末、文無しで放り出されたのです。アルカディオに拾われていなければ、飢え死にしていたことでしょう」そして初めて神父のほうを見て言葉を添えた。「あるいは売春婦になるか」

すでに六カ月もアンヘル神父は説得を続けていた。

「結婚を承諾させて、家庭を築かねばならない」彼は言った。「こんな生活を続けていれば、不安定な暮らしを強いられるばかりか、町にとって悪い見本になる」

「正直な振る舞いが一番です」女は言った。「みんな陰に隠れてこっそり同じことをしています。ビラをお読みになったことはありませんか？」

「誹謗《ひぼう》中傷だ」神父は言った。「お前だって、立場をはっきりさせなければ悪口を言われかねない」

「私が？」女は言った。「私はすべて正々堂々と行っているのですから、悪口など言われようがありません。その証拠に、誰もわざわざ私のことをビラに書いたりはしないでしょう。他の町民はみんなネタになっているというのに」

「お前は愚かだが」神父は言った。「神様のご加護で、幸運にもお前を大事にする男と出会うことができた。だからこそ、しっかり結婚して、家庭を築かねばならない」

「私にはそういう話はわかりませんが」女は言った。「いずれにしても、今のままで、寝る場所にも食べ物にも不自由はしません」

「捨てられたら?」

女は唇を噛み、謎めいた笑みを浮かべて答えた。

「捨てられはしません、神父様。私にはわかります」

この時もアンヘル神父は諦めず、少なくともミサには顔を出すよう諭した。「近いうちに」という答えを聞いて神父は、町長との面会時間になるまで散歩をして時間を潰すことにした。午後の陽射しの下で落ち着きのない猛獣たちを船から下ろすサーカスの一団が目に留まり、その細部に興味を引かれて、四時までそこにとどまっていた。町長は、歯科医のもとを立ち去ろうとしたところでアンヘル神父に目を留め、「時間どおりですね」と言って彼の手を握った。「雨も降っていないのに時間どおりです」

警察署の急階段を上る覚悟を決めてアンヘル神父は答えた。

「世界の終わりでもない」

二分後、神父はセサル・モンテロの独房に通された。

告解が続く間、町長は通路に座って、サーカスのことを思い返していた。五メートルの高さで女が舌革に歯でつかまり、金刺繡《ししゅう》の青い制服を着た男が小太鼓を叩く。三十分後、アンヘル神父がセサル・モンテロの独房から出てきた。

「終わりましたか?」町長が問いかけた。

アンヘル神父が恨めしそうに相手を見つめた。

「犯罪行為だ」彼は言った。「もう五日間も何も食べていない。体が丈夫でなんとか生き永らえてはいるが」

「好きでやっていることです」落ち着いた調子で町長は言った。

「嘘だ」神父は静かな力を声に込めた。「食事を出すなと命じたのだろう」

町長は人差し指を相手に突きつけた。

「ご注意ください、神父様、告解の秘密をばらしておられます」

「これは告解の内容にはあたらない」神父は言った。

町長は飛び起き、「騒ぐほどのことではありません」と言いながら突如笑い声を上げた。「それほどお気になさるのなら、今すぐ手を打ちましょう」そして警官を呼び寄せ、ホテルの食事をセサル・モンテロに届けるよう命じた。「よく太った鶏を丸ごと一羽、ジャガイモと、大皿いっぱいのサラダを添えてやれ」と言った後、神父に向かって付け加えた。

「すべて町の負担です、神父様。いかがです、事態は変わったでしょう」

アンヘル神父はうなだれた。

「送検はいつだ？」

「船は明日出ます」町長は言った。「今夜中に言うことを聞けば、明日にも出発です。寛大な措置をとろうとしていることに気づいてくれればいいのですが」

「少し高くつく寛大な措置だな」神父は言った。

「富める者に負担のかからない寛大な措置はありませんよ」町長は言って、アンヘル神父の澄んだ青い目をじっと見つめた。「そんな話をあの男に言い聞かせてくださっていればいいのですが」

アンヘル神父は答えなかった。階段を下りて踊り場に差し掛かったところで、ようやく辞去の言葉代わりに鈍い唸り声を発した。町長は廊下を横切り、セサル・モンテロの独房に入った。

簡素な部屋であり、洗面台と鉄のベッドしかなかった。寝そべったセサル・モンテロは、先週の火曜日に自宅を出た時の服装のまま、髭も剃っていなかった。町長の声を聞いても目さえ動かなかった。「神様とは話がついたようだから」町長は言った。「私とも話をつけるのが当然だろう」椅子をベッドのそばに寄せ、籐の背もたれに胸をつけて馬乗りになった。セサル・モンテロはじっと天井の梁を見つめていた。長い間の自問自答で口元に疲弊が見えたが、不安そうな様子はなかった。「腹を割って話そうじゃないか」町長の声が聞こえた。「明日には出発だ。早ければ二、三カ月で特別捜査員が来るから、我々から報告せねばならない。その次の週の船で戻ってくる頃にはお前も、自分のしでかしたことのバカバカしさを痛感していることだろう」

間を置いてみたが、セサル・モンテロは相変わらず無表情だった。

「その後、法廷と弁護士のせいで少なくとも二万ペソはむしり取られる。特別捜査員がお前の資産について報告すれば、そんな額ではすまない」

セサル・モンテロは彼のほうへ頭を向けた。ごくわずかな動きだったが、ベッドのスプリングが軋《きし》んだ。

「さらに」町長の口ぶりは相手の精神的支えを気取っていた。「いろいろな手続きがあって、最低でも二年は何もできないだろう」

町長は相手の視線が自分の爪先に注がれていることを感じた。セサル・モンテロの視線が目に注がれてきた時も、まだ話を続けていたが、口調は変わっていた。

「お前の今の生活はすべて私のおかげだ。お前を殺せという指示が出ていた。不意討ちで暗殺し、牛をすべて押収して、県全体の膨大な選挙費用にあてるよう政府から言われていた。知っているだろうが、他の町では実際に行われたことだ。だが、ここでは指示を無視した」

その時初めてセサル・モンテロが何か考えていることが感じられた。町長は脚を開き、椅子の背に腕を載せて、相手が声に出して言わなかった告発に返答した。

「お前が自分の身代金として払った金は、一銭たりとも私の懐には入っていない」彼は言った。「すべて選挙費用に消えた。現在、新政府は万人の平和と命を保障する決定を下し、私は薄給で身を粉《こ》にして働いているのに、お前は随分と羽振りがいいじゃないか。いい商売をせしめたものだな」

セサル・モンテロは難儀そうに体を起こした。彼が立ち上がったところで町長は我に返り、獣のような大男を前に、自分のみすぼらしい姿を噛みしめた。窓のところまで大男の姿を追い続ける彼の目に、熱気のようなものが浮かんだ。

「生涯最高の商売だ」町長は呟いた。

窓から川が見えたが、セサル・モンテロには見覚えのない川だった。一時的に姿を変えた川を前に、違う町に来たような気になった。「お前の力になろうとしているんだ」背後から声が聞こえてきた。「名誉の問題だということはみんなわかっているが、それを立証するのは大変だ。愚かにもお前はビラを破り捨てたのだからな」その瞬間、鼻を突く腐臭が部屋に押し寄せてきた。

「牛だな」町長は言った。「どこかに打ち上げられたようだ」

腐臭に動じることなくセサル・モンテロは窓際に突っ立っていた。通りに人影はなく、波止場では、停泊中の三隻の船で乗組員たちがハンモックを吊って眠っていた。翌朝七時には景色ががらりと変わっていることだろう。三十分の間、囚人の乗船を待ち侘《わ》びて港は沸きかえる。セサル・モンテロは溜め息をついた。手をポケットに突っ込み、腹は括《くく》ったものの、慌てることはなく、一言で考えをまとめた。

「いくらですか?」

すぐに答えが返ってきた。

「一歳の仔牛を五千ペソ分」

「そこに仔牛を五頭つけます」セサル・モンテロは言った。「映画の後、今晩中に特別船を調達してください」

船が汽笛を鳴らして川の真ん中で旋回したところで、波止場に集まった群衆と窓辺に立つ女たちは、ロサリオ・デ・モンテロと彼女の母に最後の一瞥《いちべつ》をくれた。七年前に港へ着いた時に持っていた同じブリキのトランクに彼女は腰を下ろしていた。診察室の窓辺で髭を剃っていたオクタビオ・ヒラルド医師は、ある意味これが現実への回帰なのではないかと思った。

ヒラルド医師の脳裏には、彼女が到着した日の午後、みすぼらしい教師の制服に男物の靴という出《い》で立ちで、誰が一番安く学校まで荷物を運んでくれるか港で調べる彼女の姿が焼きついていた。彼女自らが語ったところでは、初めて町の綴りを見たのは、十一人の候補者で六つのポストを争う抽選の際、帽子から一枚の紙切れを引いた時のことだった。到着時の彼女は、さしたる野心もなく老境までこの町で過ごすことを甘んじて受け入れているように見えた。鉄のベッドと洗面台しかない学校の小部屋に住み込み、暇さえあれば石油コンロでとうもろこし粥《がゆ》を煮込みながら、せっせとテーブルクロスに刺繡を施していた。同じ年のクリスマス、学校で行われた前夜祭で初めてセサル・モンテロに会った。出自不明の粗野な独身男だが、材木の伐採で羽振りがよくなっていた。野犬に混ざって原生林に住み、たまに町を訪れる時には、髭を伸ばし放題にした顔で、踵に鉄を打ったブーツと二連銃を身に着けていた。また帽子から当たりくじを引いたようなものだな、ヒラルド医師が髭を泡だらけにしてそんなことを考えていると、腐臭が押し寄せて回想が途切れた。

対岸で、船の波に怯《おび》えたハゲタカの群れが一斉に飛び立った。腐臭はいったん波止場の上を漂った後、朝のそよ風に紛れて家の奥まで押し寄せてきた。

「まだいたか、ちくしょうめ」飛び立つハゲタカの群れを寝室のバルコニーから見つめていた町長が叫んだ。「あの牛め」

ハンカチで鼻を覆って寝室に入り、バルコニーのドアを閉めたが、内部にまで腐臭が残っていた。帽子を被ったまま釘に鏡を掛け、まだ少し腫れの残る頬に注意深く剃刀をあててみた。一分後にサーカスの興行主がドアをノックした。

町長は髭を剃りながら鏡で来訪者の姿を確認し、椅子をすすめた。黒いチェックのシャツにゲートル付きの乗馬ズボンという姿で、定期的に膝に鞭を打ちつけていた。「早くも苦情がきているぞ」二週間の絶望の痕跡を剃刀で消し去りながら町長は言った。「昨夜のことだ」

「なんでしょうか？」

「小間使いに猫泥棒をさせているそうじゃないか」

「それは違います」興行主は言った。「どこで見つけたものであろうと、持ち込まれた猫はすべて一ペソで買って、猛獣の餌にしています」

「生きたままやるのか？」

「いえいえ」興行主は語気を強めた。「そんなことをしたら、猛獣の残虐な本能が目覚めてしまいます」

顔を洗ってタオルで拭いながら町長は相手のほうへ向き直った。ほぼすべての指にカラフルな宝石の指輪がはまっていることに、その時初めて気がついた。

「何か他の手を考えるべきだな」彼は言った。「例えばワニ狩りとか、あるいは、この時期はすぐ腐る魚を利用するとか。生きた猫はやめてくれ」

興行主は肩をすくめ、町長の後に続いて通りへ出た。対岸の岩地に嵌《は》まったままの牛から悪臭が押し寄せるなか、港に集まった男たちが言葉を交わしていた。

「カマどもめ」町長が声を荒げた。「女みたいにぺっちゃくってないで、さっさと牛をどかす相談でもしたらどうだ」

数人の男たちが寄ってきた。

「五十ペソ出そう」町長は言った。「一時間以内にあの牛の角を署まで持ち帰ったら」

波止場の端でたらめに歓声が沸き起こった。町長の発案を耳にした者たちがカヌーに飛び乗り、舫《もや》い綱を解きながら大声で互いに挑発し合っていた。「百ペソ出すぞ」興奮した町長は値段を倍にした。「角ごとに五十だ」そして興行主を波止場の端まで導き、最初の船が対岸の砂州に到達するまで待った。そこで町長は笑みを見せながら興行主のほうへ向き直って言った。

「幸福な町だよ」

興行主は頷いた。「たまにはこういう活動が必要だ」町長は続けた。「何もすることがないからみんな愚かしいことばかり考えるのさ」少しずつ二人の周りに子供が集まっていた。

「サーカスもお役に立てることでしょう」興行主は言った。

町長は彼の腕をとって広場まで引っ張っていった。

「どんなことができる？」彼は問いかけた。

「何でも」興行主が言った。「子供も大人も楽しめるバラエティ豊かなショーです」

「それだけでは不十分だ」町長が答えた。「みんなの手に届くショーでないといけない」

「わかっています」興行主は言った。

一緒に映画館の裏に広がる空き地に着くと、すでにテント作りが始まっていた。派手な真鍮《しんちゅう》メッキを施した大きなトランクから、寡黙な男女が道具や色鮮やかな小旗を取り出していた。興行主の後に続いて、人間とがらくたの山の間を進みながら一人ひとりの手を握っていると、町長は難破船に乗っているような気分になった。動作のきびきびした骨太の女が彼の手を握り、金だらけの歯をちらつかせながら手相を見つめて言った。

「未来に何か妙なことが起こるわよ」

町長は込み上げてくる落胆を抑えきれず、瞬間的に手を引っ込めた。興行主は女の腕を鞭で軽く叩きながら、「警部補さんをからかうんじゃないよ」と言って、そのまま立ち止まることなく、空き地の奥にいる猛獣のほうへ町長を導いていった。

「信じるほうですか?」興行主は問いかけた。

「場合によるな」町長は言った。

「私にはまだ信じられませんね」興行主は言った。「こういう商売をしていると、結局信じられるのは人間の意志だけです」

町長は暑さにうだる猛獣たちを眺めた。檻から暑く苦い蒸気が発散されており、猛獣たちの間延びした息遣いに、希望のない苦悩のようなものが感じられた。興行主の鞭に鼻を撫でられると、ヒョウは悲し気なパントマイムで体を捩った。

「名前は?」町長が問いを向けた。

「アリストテレスです」

「いや、女のほう」町長が言った。

「ああ」興行主は言った。「カサンドラと呼んでいます、未来の鏡」

町長は悲し気な表情を見せて言った。

「彼女と寝てみたいもんだな」

「何だって可能です」興行主は言った。

モンティエルの未亡人は寝室のカーテンを開けながら呟いた。「かわいそうな人たち」ナイトテーブルを片づけ、ロザリオと祈禱書を引き出しに入れて、ベッドの前に広げられた虎の皮で葵色のスリッパの裏を拭った。そして部屋を一周しながら、化粧台、ガラスケースの三つの扉、石膏の聖ラファエル像の載った四角い棚に相次いで鍵をかけ、部屋を出て今度はドアに鍵をかけた。

迷宮を彫り込んだ敷石の広い階段を下りながら、ロサリオ・デ・モンテロの数奇な運命について考えてみた。港の角を横切っていく彼女の姿を見て、後ろを振り返らないよう教え込まれた学生のようなその態度に目を留めたモンティエルの未亡人は、バルコニーの隙間から顔を覗《のぞ》かせたまま、ずっと前から終わり始めていた何かがやっと終わったことを予感した。

階段の踊り場に達したところで、田舎の市場のような中庭の活気が伝わってきた。欄干の片側に足場が組まれて、新鮮な葉にくるまれたチーズが並べられ、もっと向こうの外廊には、塩の袋や糖蜜の革袋が積み上げられていた。中庭の奥にはラバと馬の厩舎があり、横木に鞍《くら》が掛かっていた。家中に荷物運搬用の家畜の臭いが染みついており、なめし革と搾《しぼ》ったサトウキビの臭いがそこに混じっていた。

事務室では、カルミカエル氏が事務机で札束を分けながら帳簿の金額と照合しており、未亡人は彼におはようの声を掛けた。川に向かって窓を開けると、安っぽい装飾品の並ぶ居間に朝九時の光が射し込んだ。灰色の裏張りを付けた大きな安楽椅子がいくつか置かれており、葬式飾りの施された額縁にホセ・モンティエルの拡大写真が収められていた。対岸の砂州に集まった船が目に留まる前に、腐臭が未亡人の鼻を突いた。

「対岸で何をやっているの?」彼女は問いかけた。

「牛の死体をどけようとしているのですよ」カルミカエル氏は答えた。

「それだったのね」未亡人は言った。「昨夜はずっとこの臭いの夢を見ていたわ」そして仕事に没頭するカルミカエル氏を見つめながら言い添えた。「今に洪水になるわ」

カルミカエル氏は俯いたまま口を開いた。

「もう二週間も前に始まっています」

「そうね」未亡人は頷いた。「来るところまで来たわ。あとは、昼も夜も墓穴に横たわって、死の訪れを待つだけね」

話を聞きながらもカルミカエル氏は計算の手を止めなかった。「何年も前から、この町では何も起こらないと皆こぼしていたのに」未亡人は続けた。「突如として悲劇が始まると、まるで神様の思《おぼ》し召しのように、何年間も溜まりに溜まっていたことがいっぺんに起こるのね」

金庫からカルミカエル氏が未亡人のほうを振り向くと、彼女は窓に肘を置いて、対岸をじっと見つめていた。拳まで届く袖の黒服を着て、爪を噛んでいた。

「雨季が終われば事態は好転しますよ」カルミカエル氏は言った。

「終わりっこないわ」未亡人は言った。「不幸が単独で来ることはない。ロサリオ・デ・モンテロの様子は見なかったの？」

カルミカエル氏は見ていた。「すべていわれのないスキャンダルです」彼は言った。「ビラなんかいちいち気にしていたら、頭がおかしくなりますよ」

「ビラ」未亡人は溜め息をついた。

「私はもうやられました」カルミカエル氏は言った。

驚いたような表情で彼女は机に近寄った。

「あなたまで？」

「ええ」カルミカエル氏は頷いた。「先週の土曜日、バカでかいうえに芸の細かいやつを貼られました。まるで映画のポスターですよ」

未亡人は机に椅子を寄せて声を荒げた。「ひどい話ね。お宅のような模範的家庭を標的にするなんて」

カルミカエル氏は平然とした様子で答えた。

「妻は色白で、子供たちの肌の色は様々です。なにせ、十一人もいますからね」

「ええ」未亡人は言った。

「ビラによれば、私の子は色黒の子供たちだけだというんです。他の子供たちの父親をリストにして掲載しているのですよ。亡くなったドン・チェペ・モンティエルの名前までありました」

「夫まで！」

「旦那様の他にも、既婚男性が四名」カルミカエル氏は言った。

未亡人は啜り泣き始めた。「幸い娘たちは遠くにいて」彼女は言った。「通りで学生が殺されるような野蛮な国に戻りたくはないようだし、私も、それがいい、ずっとパりにいなさい、と言っているわ」カルミカエル氏は、毎日の気まずい場面がまた始まったことを悟って椅子を反転させた。

「奥様が心配なさることはありません」彼は言った。

「それどころか」未亡人はしゃくり上げた。「真っ先に私がガラクタを畳んでこの町から出て行くべきだったんだわ。たとえ土地や仕事を失うことになったとしても、もとはと言えばそれが不幸の元凶なんだから。いいえ、カルミカエルさん、金のおまるに血を吐くなんてまっぴらだわ」

カルミカエル氏は未亡人を慰めようとして言った。

「責任と向き合わねばなりません。窓から財産を捨てるような真似はいけません」

「お金は悪魔の糞だわ」未亡人は言った。

「しかし、この場合はドン・チェペ・モンティエルの重労働の成果です」

未亡人は指を噛みながら切り返した。

「心にもないことを。あれは悪銭で、ホセ・モンティエルは真っ先にその代償を払って、告解もできずに死んだのよ」

何度も聞いた言葉だった。

「もちろんあの罪人のせいだわ」サーカスの興行主の腕をとって反対側の歩道を歩く町長を指差しながら彼女は声を荒げた。「でも、罪の贖《あがな》いをするのは私なのよ」

カルミカエル氏はその場を離れた。輪ゴムで留めた札束を段ボール箱に入れ、中庭のドアからアルファベット順に使用人の名を呼んだ。

男たちが水曜日の支払いを受ける間、モンティエル未亡人は挨拶に出ることもなくその気配だけを感じていた。かつてママ・グランデ[24]が息をひきとったこの暗い家には部屋が九つもあり、この家を買った時のホセ・モンティエルは、後に自分の妻が未亡人となって、亡くなるまで孤独に耐え続けることになるとは思いもよらなかった。夜、殺虫剤のボンベを手に空っぽの部屋を一つひとつ回っていると、廊下で虱《しらみ》を潰すママ・グランデに出くわすことがあり、「私はいつ死ぬのですか」と問いを向けてみる。しかし、あの世との幸せな交信も不安を掻き立てるだけで、他の死者たちと同じく、彼女の返答はいつも愚かしい矛盾だらけだった。

十一時を少し過ぎたところで、広場を横切るアンヘル神父の姿が未亡人の目に留まった。「神父様、神父様」と呼びかけながら、自分が最期の一歩を踏み出したような気分になった。だが、アンヘル神父の耳には届かなかった。すでに彼は向かい側の歩道でアシス未亡人の家をノックしており、こっそりとドアが半開きになって、中へ通された。

鳥の鳴き声に溢れた廊下でカンバス地の椅子に座ったアシス未亡人は、フロリダ水[25]を染み込ませたハンカチで顔を覆っていた。ノックの仕方ですでにアンヘル神父だということはわかっていたが、挨拶の声を聞くまで束の間の安堵を引き延ばした。そして不眠に打ちのめされた顔を露わにして言った。

「おゆるしください、神父様、こんなに早くいらっしゃるとは思っていませんでした」

アンヘル神父は自分が昼食に呼ばれていたのだと初めて悟った。当惑気味に彼は弁解を始め、自分も朝からずっと頭が痛く、暑くなる前に広場を横切りたかったことを説明した。

「ご心配には及びません」未亡人は言った。「ひどい姿をお見せしてしまいました」

24 ガルシア・マルケスの短編小説「ママ・グランデの葬儀」の主人公。
25 一八〇〇年代から生産されている香水。幸運をもたらすとされている。

神父は表紙のとれた祈禱書をポケットから取り出して言った。「よろしければ、少しお祈りをしていますので、その間お休みください」未亡人は相手を遮って言った。

「もう大丈夫です」

目をつぶったまま廊下の端まで歩き、戻ってきたところで、折り畳み椅子の肘掛で几帳面にハンカチを広げた。アンヘル神父の前に腰を下ろした彼女は、何歳も若く見えた。

「神父様」できるだけ冷静に彼女は言った。「お助けください」

アンヘル神父は祈禱書をポケットにしまった。

「お力になれるのであれば」

「またロベルト・アシスのことです」

ビラのことは忘れるという約束に背いてロベルト・アシスは前日から外出し、土曜日に戻ると言っていたのに、同じ日の夜、不意に家に戻ってきた。その時から、夜明けに疲れ果てて眠るまで、暗い部屋に座って、妻の愛人とやらを待ち構えた。

話を聞くアンヘル神父は当惑を隠しきれなかった。

「根拠のないデマなのに」彼は言った。

「アシス家の男をご存じないのですよ」未亡人は答えた。「地獄の想像力を備えています」

「レベカには、ビラに対する私の見解を伝えてあるが」神父は言った。「お望みならロベルト・アシスとも話してみるとしよう」

「やめてください」未亡人は言った。「火に油を注ぐことになります。それより、日曜日の説教でビラの話をしてくだされば、ロベルト・アシスも冷静になるでしょう」

アンヘル神父は両手を広げた。

「無理だ」彼は大声を出した。「些細《ささい》なことで騒いだりすればますます敵の思うつぼだ」

「犯罪を未然に防ぐことが先決です」

「本気でそんなことになると？」

「本気も本気」未亡人は言った。「しかも、私にあの子を止める力はないでしょう」

直後に二人はテーブルに着いた。裸足の家政婦が、豆ご飯と茹で豆、濃厚な黒いソースのたっぷりかかった肉団子のボウルを運んできた。アンヘル神父は黙って自分の分をよそった。つんとくる胡椒と家の深い沈黙、その時心を支配していた当惑を感じるうちに、彼の記憶はまたもや、新入り用の簡素な部屋で過ごしたマコンドの暑い午後へと移ろった。今日と同じく埃っぽい灼熱の日、マコンドの頑固な住民たちに埋葬を拒まれた自殺者に、キリスト教徒の埋葬を許さなかった。

僧衣の首のボタンを外して彼は汗を解き放った。

「わかった」神父は未亡人に向かって言った。「それでは、ロベルト・アシスが日曜日のミサに必ず出席するようにしなさい」

アシス未亡人は約束した。

昼寝をすることのないヒラルド医師夫妻は、ディケンズの小説を読みながら午後を過ごした。内側のテラスで、医師はうなじの下に指を組んで聞き耳を立て、妻は膝の上に本を置いて、ゼラニウムに照りつける菱形の光を背に朗読していた。椅子の上で姿勢を変えることもなく、読書慣れした者の口調で冷静に物語を進めていた。読み終えるまで顔を上げることもなく、読み終えた後も、膝の上に本を広げたまましばらくじっとしていたが、夫のほうは洗面台で顔を洗った。嵐の到来を予感させる暑さだった。

「長い短編かしら？」慎重に考えた末に彼女は言った。

手術室で身に着けた用心深い動きで医師は洗面台から頭を上げ、整髪料を手で伸ばしながら鏡に向かって言った。「短い長編と言われている。私に言わせれば長い短編だな」そして指でワセリンを頭部に撫でつけながら発言を締めくくった。「批評家たちなら、長いけれど短い短編とか言うことだろう」

妻の手から麻のジャケットを着せてもらった。落ち着いて献身的に夫に仕えていることもあり、もう少し年配の女性に似つかわしい冷静な視線を備えていることもあって、姉のように見える瞬間もありそうだった。外へ出る前にヒラルド医師は、救急の場合に備えて往診のリストと順番を伝え、待合室の案内用時計の針を動かして、五時に戻ることを示しておいた。

通りは暑さで唸りを上げていた。日陰側の歩道を歩くヒラルド医師は、この強張《こわば》った空気でも午後に雨は降るまい、そんな予感に囚われていた。蝉の鳴き声が港の孤独を引き立て、牛が撤去されて流れ去っていたおかげで、後に残された空気にぽっかり穴が開いたようになっていた。

電信技師がホテルから医師に声を掛けた。

「電報は受け取りましたか？」

　ヒラルド医師はまだ受け取っていなかった。

「電信〈ジョウキョウツタエヨ〉、署名〈アルコファン〉」電信技師は暗唱した。

　二人一緒に電信所に向かい、医師が返答を書いているうちに、技師はうとうとし始めた。

「塩化水素酸だな」科学的根拠に乏しいまま医師は説明した。書き終えたところで、自らの予感に反して、慰めるような調子で言い添えた。「今晩は雨になるかもしれない」

　技師は字数を数えたが、医師は気にすることもなく、操作台の脇に開かれたままになっていた分厚い本に目を留めた。小説なのか訊いてみた。

「ヴィクトル・ユゴー『レ・ミゼラブル』です」技師は電報を打ち終え、コピーに封をして、本を手にカウンターへ戻ってきた。「これは十二月までかかるでしょう」電信技師が暇さえあればサン・ベルナルド・デル・ビエント[26]の女性技師に詩を送っていることは、何年も前からヒラルド医師も知っていたが、小説まで読んでいるとは意外だった。

「随分真面目な本じゃないか」分厚い本をぱらぱらめくってみると、思春期の不確かな感情が記憶に甦ってきた。「アレクサンドル・デュマのほうがいいんじゃないか」

「彼女はこれが好きなんです」電信技師は言った。

「会ったことは？」

技師は首を横に振った。

「でも、同じことです」彼は言った。「rの音で跳ねるので、世界のどこにいても彼女だとすぐわかることでしょう」

その日の午後、ヒラルド医師はドン・サバスのところにも一時間の往診の予定を入れていた。彼は下半身にタオルを巻いた姿でベッドに伸びきっていた。

「キャラメルはどうでしたか？」医師は問いを向けた。

「暑さのせいです」老婆のような巨体をドアのほうへ向けながらドン・サバスは嘆いた。「昼食の後で注射を打ちました」

ヒラルド医師は、窓脇に準備されていたテーブルの上で鞄を開けた。蟬が中庭で鳴

26　コロンビア北部コルドバ県に位置する町。

き続け、室内は温室のようだった。ドン・サバスは中庭に座って、間延びしたような小便を出した。医師がガラス管に入った琥珀《こはく》色の尿を受け取ると、ドン・サバスは少し元気になり、検査の様子を見つめながら言った。

「お願いしますよ、先生、小説の結末を知る前に死ぬのはご免ですからね」

ヒラルド医師は尿のサンプルに青い丸薬を入れた。

「小説？」

「ビラですよ」

アルコールランプの上で尿が沸騰するまで、ドン・サバスは落ち着いた目で見つめていた。医師は臭いを嗅ぎ、ドン・サバスの色褪せた目が問いの答えを待ち受けた。

「大丈夫です」中庭に尿を捨てながら医師は言って、ドン・サバスの顔を探った。

「あなたも気にしているのですか？」

「私ではありません」ドン・サバスは言った。「しかし、人々が震え上がる様子を見て、日本人のように楽しんでいます」

ヒラルド医師は皮下注射を準備していた。

「それに」ドン・サバスは続けた。「私も二日前にやられました。息子たちのこと、ロバの話、同じ戯言です」

医師はゴムチューブでドン・サバスの静脈を押さえた。ドン・サバスはロバの話に深入りしようとはしなかったが、医師には聞き覚えのない話であり、最初から話さねばならなかった。

「もう二十年も前のロバ取引の話ですよ」彼は言った。「私の売ったロバが、偶然にも二日後の朝、何の外傷もなく死んでいたんです」

彼は医師が採血しやすいよう、弛《たる》んだ肉の腕を差し出した。ヒラルド医師が注射の跡に綿をあてたところで、ドン・サバスは腕の緊張を解いた。

「人々がどんな話をでっち上げたかご存じですか？」

医師は首を横に振った。

「私自ら囲い場に夜忍び込んで、ケツの穴から銃を突っ込んでロバを撃ち殺した、という噂が流れたんです」

ヒラルド医師はジャケットのポケットに血の入ったガラス管を入れながら言った。

「一見ありそうな話ですね」

「原因は蛇ですよ」東洋の偶像のように腰を下ろしながらドン・サバスは言った。

「いずれにせよ、みんなが知っている話をわざわざビラに書くなんて、よほどの間抜けでしょう」

「あらゆるビラに共通の特徴ですね」医師は言った。「みんな知っていて、しかも、いつもほぼ間違いないことを書いています」

ドン・サバスは一瞬動転した。「本当に」と呟きながら、分厚い瞼の汗をシーツで拭った。そしてすぐに反応した。

「この国では、裏にロバの死骸のない財産など一つもありませんよ」

医師は洗面台に身を屈めながらこの言葉を受け流した。水に映る自分の顔つきを見た彼は、整いすぎた歯並びが人工的に見えるような気がした。肩越しに患者の様子を探りながら彼は言った。

「親愛なるドン・サバス、あなたのたった一つの美徳は厚顔無恥だとずっと思っていました」

ドン・サバスは活気づいた。医師の攻撃のおかげで、俄《にわ》かに若返ったような気分だった。「それと、精力ですね」と言いながら彼は腕の動きを言葉に添え、単なる血流促進でしかないかもしれないその動作が、医師の目には猥《みだ》らな挑発に映った。ドン・サバスは尻ごと軽く跳び上がって言葉を続けた。

「だからビラには笑いが止まらないんですよ。息子たちが山で手当たり次第に乙女をかどわかす、なんて書いてましたがね、そりゃ、蛙の子は蛙ですよ」

辞去する前にヒラルド医師は、ドン・サバスの怪しげな性的冒険談にひとしきり耳を傾けねばならなかった。

「幸福な青春ですな」ドン・サバスは大きな声で締めくくった。「いい時代でした、十六歳の乙女が若牛より安かったんですから」

「そんなことを思い出していると、血糖値が上がりますよ」医師は言った。

ドン・サバスが口を開いて答えた。

「とんでもない。あなたの忌まわしいインシュリン注射よりよっぽど効きますよ」

通りに出た医師は、ドン・サバスの静脈に滋味あふれるスープが流れ始めたような印象に囚われていた。だが、この時新たな心配の種となったのは、数日前から診療所にも噂が届き始めていたビラだった。その日の午後、ドン・サバスへの往診を終えたところで、一週間前から町はこの話題で持ちきりになっているという事実を思い知らされた。

この後続けて何軒も往診に回ったが、どこへ行ってもビラの話ばかりだった。無関心な笑みを顔に浮かべて黙ったまま話を聞いていたが、実のところ内心では、なんとか自分なりの結論に辿り着こうと努めていた。診療所への帰り道、モンティエル未亡人宅から出てきたアンヘル神父と鉢合わせしたことで、思索にのめり込まずにすんだ。

「患者の具合はどうです、先生?」アンヘル神父が問いかけた。

「上々です、神父様」医師は答えた。「そちらの患者はいかがですか?」

アンヘル神父は唇を嚙み、医師の腕をとって広場へと導いた。

「なぜそんなことを?」

「別に」医師は言った。「信者の間にひどい疫病が蔓延《まんえん》しているようですね」

アンヘル神父は進路を変えたが、その仕方が医師にはわざとらしく見えた。

「モンティエル未亡人と話してきたところです」神父は言った。「気の毒に、随分神経がまいっているようです」

「良心の呵責かもしれませんね」医師が言った。

「死の強迫観念です」

二人はまったく反対の方角に住んでいたが、アンヘル神父は医師に付き添って診療所まで行った。

「真面目な話ですが、神父様」医師は再び問いかけた。「ビラについてどうお考えですか?」

「考えないことにしていますが」神父は言った。「強いて考えろとおっしゃるのであれば、私にとってこれは、模範的な町において妬《ねた》みのなせる業です」

「中世に戻っても医師ならそんな診断は下さないでしょうね」ヒラルド医師が応じた。

二人は診療所の前で立ち止まった。扇子を動かしながら神父は、ここでもまた同じ考えを繰り返した。「些細なことで騒いだりすればますます敵の思うつぼです」顔にこそ出さなかったものの、医師は内心失望に打ちのめされた。

「ビラの内容が真実でないとでもおっしゃるのですか、神父様?」

「私は日々告解を聞いているのですよ」

医師は相手に冷徹な眼差《まなざ》しを向けながら言った。

「告解でも明かされないとすれば、もっと事態は深刻でしょう」

同じ日の午後、アンヘル神父は貧者の家でもビラが取り沙汰されていることを知ったが、こちらは少し様子が違っており、健全な喜びさえ感じられた。昼に食べた肉団子のせいか、祈禱の最中は軽い頭痛に悩まされたが、夕食はしっかりとることができた。そのまま映画の道徳的分類を確認して、完全禁止を意味する十二の鐘を鳴らしたところで、生まれて初めて傲慢さの薄暗い感覚に囚われた。そして通り側の扉にスツールを寄せかけ、破裂しそうな頭痛をこらえながら、警告を無視して映画館に入っていくのが誰なのか、あけすけに確認することにした。

中に入った町長は、一階席の隅に陣取って、上映が始まる前に二本続けて煙草を吸った。歯茎の腫れは完全に引いていたが、まだ体がそれまでの眠れぬ夜と鎮痛剤の害を覚えているらしく、煙草を吸うと吐き気がした。

映画館といっても、セメントの壁に囲まれた中庭が一階席となって半分ほどトタン屋根に覆われているだけで、ガムと吸殻を堆肥代わりにして、毎朝のように地面から雑草が復活してきた。一瞬だけ、町長の目に、鉋《かんな》をかけていない木のベンチや、バルコニー席を仕切る鉄の格子が浮き上がったように見え、映写用に白く塗った奥の壁に眩暈《めまい》のようなうねりが走ったように感じた。

照明が落ちたところで気分がよくなった。拡声器から流れていたけたたましい音楽が止んだが、今度は、映写機の脇にある木製小屋に据えられた発電機の振動が激しくなった。

本編に入る前に、宣伝映像が流れ、押し殺された囁《ささや》き、あやふやな足音、途切れ途切れの笑い声が数分間だけ薄闇を掻き乱した。一瞬だけぎょっとした町長は、こんな怪しい映像が流れるのは、アンヘル神父の厳しい規制に対する密《ひそ》かな抗議なのではないかと思った。

姿こそ見えなかったものの、オーデコロンの匂いだけでも、脇を通ったのが映画館のオーナーだと町長にはわかったことだろう。

「ゴロツキめ」相手の腕をとって耳元に囁きかけた。「特別税を払ってもらうぞ」

歯の間で笑いながらオーナーは隣の席に腰を下ろした。

「いい映画ですよ」彼は言った。

「俺に言わせれば」町長は言った。「全部悪い映画のほうがいい。道徳映画ほどつまらないものはない」

数年前なら、鐘による検閲を真面目に受け取る者など誰もいなかったことだろう。だが、毎週日曜日の荘厳ミサでアンヘル神父は説教壇から会衆を睨みつけ、その週のうちに警告を無視して映画に行った女たちを指差して教会から追い出すことを続けた。

「後ろの小さなドアからこっそり入ることができるのは救いです」オーナーは言った。

町長は古いニュース映像を追い、画面に引きつけられるたびに中断しながら話を続けた。

「同じことの繰り返しだ。司祭は半袖を着ている女たちへの聖体拝領を拒むけれど、女たちは相変わらず半袖を着て、ミサに入る前に付け袖でごまかす」

ニュース映像の後に翌週の予告編が流れ、二人は画面に見入った。それが終わると、オーナーは町長のほうに体を傾けて耳元に囁きかけた。

「警部補、この映画館を買ってください」

町長は画面から目を離さなかった。

「商売にならない」

「私には無理ですが」オーナーは言った。「あなたならドル箱にできますよ。そうでしょう、司祭だって、あなたに向かって鐘で規制するわけにはいきますまい」

町長はしばらく考えてから返答した。

「そうかもしれない」

だが、具体的な話に移ることはなかった。彼は前列の席に両足を掛け、込み入ったドラマの難所に引き込まれたが、結局のところ、鐘四つでも行き過ぎではないかと思われた。

映画館を出ると、ビリヤード場に立ち寄って、宝くじを買った。暑い空気が立ち込め、ラジオからごつごつした音楽が流れていた。炭酸水をひと瓶飲んだ後、町長は帰って眠ることにした。

川べりをぶらぶら歩いていると、闇夜に増水した川の存在が感じられ、内臓から込み上げてくるような音と獣のような臭いが伝わってきた。宿舎の入り口まで来たところで後ろへ一飛びして拳銃を抜いた。

「明るいところへ出ろ」緊張した声で彼は言った。「撃つぞ」

優しい声が暗闇から聞こえた。

「落ち着いてください、警部補」

闇に隠れた人物が明かりの下に出てくるまで、町長はずっと拳銃を構えていた。カサンドラだった。

「命拾いしたな」町長は言った。

上の寝室まで来るよう指示され、複雑な道を辿りながらカサンドラはずっと話しっぱなしだった。ハンモックに腰を下ろし、靴を脱いで真っ赤に塗られた足の爪を無邪気に見つめながらも、まだ話をやめなかった。

彼女の前に座って帽子で扇ぎながら町長は、また煙草に火を点け、しかつめらしく相手の話に聞き入った。十二時の鐘が聞こえると、女はハンモックにうつ伏せ、響きのいいブレスレットをいくつも嵌めた腕を伸ばして町長の鼻をつねった。

「もう遅いわよ、坊や」彼女は言った。「明かりを消してちょうだい」

町長は微笑んで言った。

「そんなことはいい」

女には意味がわからなかった。

「占いが得意なんだろう？」町長は問いかけた。

カサンドラはハンモックに座り直して言った。「もちろん」そしてようやく事態を飲み込んで靴を履いた。

「でも、カードがないわ」彼女は言った。

「毒を食らわば皿までだ」町長は言った。

彼はトランクの奥から古いカードを取り出した。女は真剣な顔でカードを一枚一枚ためつすがめつ眺め回したうえで言った。「これはあまりいいカードじゃないけれど、まあ、重要なのは交信ね」町長は小テーブルを近づけて彼女の前に座り、カサンドラはカードを置いて訊いた。

「愛のこと？　商売のこと？」

町長は両手の汗を拭いながら言った。

「商売のほうだ」

持ち主不明のロバが雨を逃れて司祭館の軒下に入り込み、一晩中寝室の壁を蹴飛ばし続けた。落ち着かない夜だった。夜明けとともに不意の眠りに落ちたアンヘル神父は、埃だらけになったような気分で目を覚ました。霧雨の下で眠るチュベローズ、トイレの臭い、さらに、五時の鐘の音が消え去った後の陰気な教会の内陣、すべてが結託して面倒な夜明けを作り出してでもいるようだった。

ミサに備えて聖具保管室で着替えていた神父は、いつもどおりこそこそと教会に入ってくる女たちの気配とともに、ネズミの死骸を集めて回るトリニダッドの動きを感じ取った。ミサの間ずっと侍者の読み間違いと粗野なラテン語に苛立ちが募り、最後の瞬間には、人生の難局にでも差し掛かったような挫折感を嚙みしめた。

朝食に向かったところで、晴れやかな表情を浮かべたトリニダッドに出くわした。

「今日は六匹も捕まえました」と言って、ネズミの死体の入った箱を揺すった。アンヘル神父はなんとか挫折感を抑えつけながら言った。

「すごいな。この調子なら、巣穴を見つけて一網打尽にできそうじゃないか」

トリニダッドはすでに巣を見つけていた。教会内の様々な場所、とりわけ鐘塔と洗礼堂のあちこちに穴を見つけ、アスファルトで封じたいきさつを説明した。その日の朝には、巣の入り口を見つけようと一晩中躍起になって壁に頭を打ちつけていたネズミを見つけたという。

石畳の中庭へ出ると、チュベローズの茎が姿勢を正そうとしていた。トリニダッドは時間をかけてネズミの死体をトイレに捨てた。毎朝、アンヘル神父が執務室に入ってクロスをとると、まるで手品のごとくそこにアシス未亡人の準備した朝食が現れる。

「忘れていましたが、まだヒ素を買えていません」部屋に入りながらトリニダッドが言った。「ドン・ラロ・モスコーテによれば、医師の処方なしに買うことはできないそうです」

「もう必要ないだろう」アンヘル神父は言った。「ネズミはみな巣穴に生き埋めになって死ぬのだから」

テーブルに椅子を近づけ、きれいなパンのスライスを載せた皿とカップ、日本風に竜を彫り込んだコーヒーポットを並べる間に、トリニダッドが窓を開けた。「またいつ戻ってくるかわかりませんから」彼女は言った。アンヘル神父はコーヒーを注いだが、突如その手を止めてトリニダッドを見つめた。形の崩れたガウンに窮屈なブーツという姿で彼女は近寄ってきた。

「心配のしすぎだな」神父は言った。

その時もそれ以前にも、トリニダッドのびっしり生えた濃い眉に不安の影は見えなかった。指の軽い震えを抑えきれぬままコーヒーを注ぎ終え、砂糖を二杯入れて、壁に掛かった十字架をじっと見つめながらカップをかきまぜた。

「最後に告解をしたのはいつだ?」

「金曜日です」トリニダッドは答えた。

「正直に言いなさい」アンヘル神父は言った。「罪を隠したままにしたことはあるか?」

トリニダッドは首を横に振った。

アンヘル神父は目をつぶった。突如、コーヒーをかきまぜる手を止め、スプーンを皿に置くと、トリニダッドの腕をとって言った。

「ここに跪《ひざまず》きなさい」

当惑してトリニダッドは段ボール箱を床に置き、神父の前に膝をついた。「私は罪びと、と祈りなさい」と諭すアンヘル神父の声は、告解師らしい家父長的調子を帯びていた。トリニダッドは拳を握って胸にあて、肩に神父の手を感じるまで不明瞭な囁きを続けた。

「よろしい」神父は言った。

「嘘をつきました」トリニダッドは言った。

「他には？」

「悪い考えを起こしました」

いつもどおりの告解だった。いつも同じ順番で、型どおり同じ罪を列挙する。だが、この時のアンヘル神父は、もっと深入りしたいという思いに逆らえなかった。

「例えば？」彼は言った。

「わかりません」トリニダッドはためらった。「時々悪い考えが頭をよぎります」

アンヘル神父は姿勢を正した。

「自殺しようと思ったことはないか?」

「アベ・マリア・プリシマ」[27] 俯いたまま指の節でテーブルの脚を叩きながらトリニダッドが声を上げ、続けて答えた。「いいえ、ありません、神父様」

無理に相手の頭を上げさせたアンヘル神父は、娘の目が潤み始めていることに気づいて、やるせない気持ちになった。

「ヒ素は本当にネズミ用だったのだな」

「そうです、神父様」

「それなら、なぜ泣いている?」

トリニダッドは頭を下げようとしたが、神父は手に力を込めて相手の顎を支えた。彼女はわっと泣き崩れ、アンヘル神父は指の間を伝って生温《なまぬる》い酢のように流れる涙を感じた。

「落ち着きなさい」彼は言った。「まだ告解は終わっていない」

娘が黙ったまま涙にむせぶ様子をしばらく見つめ、どうやら涙が止まったところで、神父は優しい調子で言った。

「さあ、話しなさい」

トリニダッドはスカートで洟《はな》をかみ、涙で塩辛くなった重い唾を飲み込んだ。再び話し始めた時には、いつもの風変わりなバリトン声を取り戻していた。

「おじのアンブロシオにつきまとわれています」

「なんだと？」

「私のベッドで一晩寝かせてほしいと言っています」トリニダッドは言った。

「それで？」

「それだけです」トリニダッドは言った。「神様に誓って、それだけです」

「誓う必要はない」神父は諭し、告解師らしい冷静な声で問いかけた。「答えなさい、お前は誰と寝ている？」

「母たちと一緒です」トリニダッドは言った。「七人の女が同じ部屋で一緒に寝ています」

「それで、おじとやらは？」

「別の部屋で男たちと寝ます」トリニダッドは言った。

27　最も一般的なお祈り文句。

「お前の部屋に来たことは？」

トリニダッドは首を横に振った。

「本当のことを言いなさい」アンヘル神父は言葉に力を込めた。「いいか、怖がる必要はない、お前の部屋に来たことはあるのか？」

「一度だけ」

「何をされた？」

「わかりません」トリニダッドは言った。「目を覚ますと、同じ蚊帳に潜り込んでいて、じっとしたまま、何もするつもりはない、鶏が怖いから一緒に寝させてほしいだけだ、と言っていました」

「鶏だと？」

「私にもわかりません」トリニダッドは言った。「そう言われたんです」

「お前は何と言った？」

「出て行かないと大声を出してみんなを起こすわよ、と言いました」

「それでどうなった？」

「カストゥラが目を覚まして、どうしたのか訊いてきたので、何でもない、夢を見て寝言を言ったみたい、とだけ言うと、おじは死んだようにじっと黙って、出て行った時も、私はほとんど気づきませんでした」

「服は着ていたんだな」神父は念を押すような調子で言った。

「寝る時と同じです」トリニダッドは言った。「ズボンだけ穿《は》いていました」

「お前に触ったりはしなかったか？」

「していません、神父様」

「本当のことを言いなさい」

「本当です、神父様」トリニダッドは繰り返した。「神様にかけて誓います」

アンヘル神父は再び娘の顔を上げさせ、悲しい光に濡れた目をじっと覗き込んだ。

「なぜ今まで黙っていた？」

「怖かったのです」

「何が怖かった？」

「わかりません、神父様」

神父は娘の肩に手を置き、長々と訓戒の言葉を並べた。トリニダッドは黙って頷いていた。告解を終えると、神父は彼女のために祈り、「主なるイエス・キリスト様、真の人間にして神たる……」と小声で唱えた。恐怖を感じながら深々と祈っているうちに、その言葉とともにそれまでの人生が蘇り、記憶の限界まで遡った。赦《ゆる》しの言葉を与える瞬間に彼は、自分の心が災厄の雰囲気に飲まれ始めていることを感じた。

町長はドアを押しながら大声で「判事」と言った。アルカディオ判事の女がスカートで両手を拭いながら寝室に姿を見せた。

「もう二晩も帰っていません」彼女は言った。

「ちくしょうめ」町長は言った。「昨日は事務所にも現れなかった。急ぎの用があって探しているのに、誰も居場所を知らない。どこにいるか、あてはないのか？」

「どうせ売春婦のところでしょう」

町長はドアを開けっ放しにしたまま立ち去った。ビリヤード場に入っていくと、蓄音機から大音量で感傷的な歌が絞り出されており、町長は直接奥の部屋へ赴いて大声で言った。「判事」店長のドン・ロケが、ラム酒を瓶からダマフアナ[28]に注ぐ作業の手を止めて、「いませんよ、警部補」と大声で言った。町長が衝立の向こうへ回ると、男たちの一団がカードゲームに耽っていた。アルカディオ判事の姿を見た者は誰もいなかった。

「ちくしょうめ」町長は言った。「この町では、みんな誰が何をしているか知っているのに、判事に用がある時に限って、誰も居場所を知らない」

「ビラの作者に訊いてみたらどうです?」ドン・ロケが言った。

「紙切れの話なんかクソくらえだ」町長は言った。

事務所にもアルカディオ判事の姿はなく、まだ九時だというのに、司法局の秘書が中庭の通路でうとうとしていた。町長は警察署へ向かい、三人の警官に制服の着用を命じた後、ダンスホールと、公然の秘密となっている違法売春婦三人のいる部屋へ、判事探しに送り出すことにした。そして自らは、あてもなく通りを歩き始めた。理髪店に差し掛かると、脚を広げて椅子にふんぞり返ったまま熱いタオルを顔に載せたアルカディオ判事の姿があった。

「なんてこった」町長は声を荒げた。「二日も探したぞ、判事」

理髪師がタオルをとると、眠たそうな目と三日伸ばしっぱなしの髭で黒くなった顎

28 柳枝細工で覆った細首の瓶。

が町長の目に入った。

「女が出産だというのに、行方知れずとは」彼は言った。

アルカディオ判事は椅子から跳び上がった。

「クソッたれ」

町長は大声で笑いながら彼を背もたれへ押しやって言った。「冗談だよ、別の用事だ」アルカディオ判事は再び目を閉じて体を伸ばした。

「終わったら一緒に事務所へ行こう。ここで待っている」町長は言って、椅子に腰を下ろした。「いったいどこをほっついていたんだ?」

「その辺です」判事は答えた。

町長が理髪店に来ることは滅多になかった。壁に貼られた「政治談議厳禁」の警告を以前見た時は何とも思わなかったが、この時は彼の目を引いた。

「グアルディオラ」彼は呼びかけた。

理髪師は剃刀をズボンで拭い、黙って待ち受けた。

「どうしましたか、警部補?」

「誰の許可であんなものを貼った?」警告を指差しながら町長が問いを向けた。

「経験です」理髪師は言った。

町長は店の奥にスツールを近づけ、よじ登って警告を剝がした。

「ここで何か禁止する権限があるのは政府だけだ」彼は言った。「民主主義の世の中だからな」

理髪師は仕事に戻った。「自分の考えを口にするのは自由だ」町長は続け、貼り紙を引き裂いた。そのままゴミ箱に捨て、洗面台で手を洗った。

「見たか、グアルディオラ」アルカディオ判事が言った。「密告ばかりしているからこんな目に遭うんだ」

町長は鏡で理髪師の様子を窺《うかが》ったが、彼は仕事に没頭していた。手を洗う間、じっと彼から目を離さなかった。

「かつてと今の違いは」町長は言った。「かつては政治家が実権を握っていて、今は政府が実権を握っているということだ」

「聞いたか、グアルディオラ」泡だらけの顔でアルカディオ判事が言った。

「もちろん」理髪師は言った。

理髪店を出ると、町長はアルカディオ判事を事務所のほうへ押しやった。しつこい霧雨の下、通りが新しい石鹸で舗装されたように見えた。

「どうもあそこが陰謀の巣窟に見えてならない」町長が言った。

「言葉だけで」アルカディオ判事は言った。「そこから先へは行きませんよ」

「だから嫌なんだ」町長は答えた。「大人しすぎる」

「人類の歴史を遡っても」判事は言った。「理髪師の陰謀家という例は見当たりません。それに引き換え、仕立て屋は間違いなく陰謀家です」

回転椅子に座らせるまで町長はアルカディオ判事の腕を放さなかった。タイプライターで書いた紙を手に、秘書が欠伸《あくび》をしながら事務所に入ってきた。「それだ、仕事にかかるとしよう」町長は言って、帽子を後ろへやりながら紙を手に取った。

「何だ、これは？」

「判事のために」秘書は言った。「これまでビラの標的となっていない人たちのリストを作ってみました」

町長は困惑の表情でアルカディオ判事の顔色を探り、声を荒げて言った。

「ああ、クソッたれ！　まさか君まで気にしているとは」

「推理小説のようなものです」判事は言い訳めいた調子になった。

町長はリストを読み上げた。

「面白い情報でしょう」秘書が口を挟んだ。「犯人はこのなかの誰かです。明らかでしょう？」

アルカディオ判事は町長の手から紙を奪い取った。「こいつはどうしようもないバカですね」判事は町長に言った後、秘書のほうへ向き直って付け加えた。「俺が犯人なら、真っ先に自分の家の門前に一つ貼って疑念を晴らすさ」そして町長に問いを向けた。

「そうでしょう、警部補？」

「他人事《ひとごと》だ」町長は言った。「それぞれにやり方があるだろう。我々がやきもきしても無駄だな」

アルカディオ判事は紙を破り、丸めて中庭に投げ捨てた。

「当然です」

この返答の前から町長はビラの話を頭から消しており、机の上に手の平を置きながら言った。

「さて、検討したいのは別件だ。洪水の後、低地の住人たちが霊園の後ろの土地に家を移したが、あれは私の土地だ。こういう場合、私は何をすべきだろう?」

　アルカディオ判事は微笑み、説明を始めた。

「そんな話なら事務所へ来るまでもありません。簡単なことです。町政府が住人に土地を譲渡し、補償額を土地の正当な所有者に支払う」

「書類は揃っている」町長は言った。

「それなら、鑑定士を任命して価格を査定させたうえで」判事は言った。「町政府から支払いを受ければいいでしょう」

「鑑定士を任命するのは誰だ?」

「ご自身で任命することができます」

　町長は拳銃の付いたベルトの位置を直しながらドアのほうへ歩いた。遠ざかる彼の姿を見ながら判事は、人生とは生き残るための機会の連続にすぎないのだと思いついた。

「こんな簡単な問題でぴりぴりすることはありませんよ」彼は笑みを浮かべた。

「ぴりぴりなんかしていないが」町長は真顔で言った。「大問題だからな」

「もちろん、その前に代理人を指名せねばなりません」秘書が口を挟んだ。

町長は判事に向かって言った。

「そうなのか?」

「この特別な状況では、必要不可欠というわけではありませんが」判事は言った。「当然ながら、偶然にもご自身が係争地の所有者だということになれば、第三者が話をまとめたほうが公平性が保たれますね」

「それなら指名するとしよう」町長は言った。


ベンハミン氏は、台の上に載せた足を替える際も、通りの真ん中ではらわたを奪い合うハゲタカから目を離さなかった。伝統のダンスでも踊るようにもったいぶって格式ばった難解な動きをする鳥たちを見つめながら、五旬節主日[29]の日曜日にハゲタカに扮する男たちの忠実な再現力を思い返して、賞賛の念を新たにした。足元に座った少年はもう一方の靴にも酸化亜鉛を塗り、再び箱を叩いて足の交換を合図した。

かつて官報の執筆で生計を立てていたベンハミン氏は、今や何を急ぐこともなかっ

29　復活祭より五十日前の日曜日。

た。少しずつ食い潰した末、灯油一ガロンと獣脂ろうそく一束だけになった店内にいるかぎり、時間の進行はまったく感じられなかった。

「雨が降ってもまったく暑さがひきませんね」少年は言った。

ベンハミン氏には納得できなかった。彼は一点の染みもないリンネルを着ていたのに、少年の背中はびしょ濡れだった。

「暑さなんて気持ちの問題さ」ベンハミン氏は言った。「気にしなければいいんだ」

少年は黙ったまま再び箱を叩き、直後に作業は完了した。空っぽの棚が並ぶ陰気臭い店内でベンハミン氏はジャケットを羽織り、麦藁《むぎわら》帽子を被った。傘で小雨を避けながら通りを横切り、向かいの家の窓を叩いた。半開きになった勝手口から、漆黒の髪をした色白の少女が顔を出した。

「おはよう、ミナ」ベンハミン氏は言った。「昼食はまだかい?」

彼女はまだだと答え、窓を開け放った。針金と色紙の入った大きな籠の前に腰を下ろし、膝の上に毛糸の玉と鋏、作りかけの造花の束を載せていた。蓄音機に載ったレコードが歌っていた。

「戻るまで店を見ていてくれるかな?」ベンハミン氏は言った。

「お時間はかかりますか？」

ベンハミン氏はレコードに耳を澄ませた。

「歯医者に行くだけだ」彼は言った。「三十分とかからない」

「ああ、それなら大丈夫です」ミナは言った。「私が窓辺にずっといると、目の見えない祖母が嫌がりますから」

ベンハミン氏はレコードに飽きた様子で言った。「近頃の曲はみんな同じだね」ミナは緑の紙を針金に巻きつけて作った長い茎の端を摑み、完成したばかりの造花を持ち上げた。指で造花を回しながら、曲と花の見事な調和にうっとりした。

「音楽がお嫌いのようですね」彼女は言った。

すでにベンハミン氏はその場を離れており、ハゲタカの群れを脅かさぬよう忍び足で歩いていた。ミナは、彼が診療所の入り口をノックするまで作業の手を止めていた。

「私の考えでは」ドアを開けながら歯科医が言った。「カメレオンは目に知覚機能を備えている」

「そうかもしれない」ベンハミン氏は言った。「だが、なぜそんなことを？」

「さっきラジオで聞いたんだが、目の見えないカメレオンは色が変わらないそうだ」

歯科医は言った。

開いたままの傘を隅に置いた後、ベンハミン氏は釘にジャケットと帽子を両方掛け、椅子に座った。歯科医はすり鉢でピンク色のペーストをこねていた。

「いろんな話があるものだね」ベンハミン氏は言った。

この時のみならず、いつでも彼の話し方には神秘的な抑揚があった。

「カメレオンのことかい？」

「みんなのことだよ」

歯型をとるためのペーストを作り終え、歯科医は椅子に近寄った。ベンハミン氏は縁の欠けた入れ歯を外し、ハンカチにくるんで、椅子の脇のガラスケースに置いた。歯が外れると、肩幅が狭いうえに手足の痩せこけた彼の姿は、どことなく聖者を思わせた。ペーストを口蓋に押しつけた後、歯科医は口を閉じさせた。

「そのとおり」相手の目を見つめながら彼は言った。「私は臆病者だ」

ベンハミン氏は深く息を吸い込もうとしたが、歯科医はその口をしっかり閉ざしていた。《そんなことはない、そうじゃないんだ》彼は心の中で言った。他の町民たちと同じく彼も、歯科医だけが死刑宣告を受けながら自宅にとどまったことを知っていた。壁に一斉射撃を受け、二十四時間以内に町を立ち去れと言われても、彼は怯《ひる》まなかった。内側の部屋に診察室を移し、仕事中も手の届くところに拳銃を置いて、何カ月にも及ぶ恐怖に耐え抜いた。

作業が続く間、ベンハミン氏の目には様々なレベルで苦悩の色が現れ、それが同じ一つの答えを伝えていることに歯科医は気づいていたが、ペーストが固まるまで、口を開けることは許さなかった。そして歯型を取り外した。

「そんなことじゃないんだ」ベンハミン氏は一息に言った。「ビラの話だよ」

「ああ」歯科医は言った。「君も気にしていたのか」

「社会崩落の兆候だ」ベンハミン氏は言った。

すでに彼は入れ歯をつけなおし、几帳面にジャケットを着ているところだった。

「遅かれ早かれすべては知られる、その兆候だね」無関心に歯科医は言って、濁った空を窓越しに見つめながら続けた。「雨が止むまで待ったらどうだい？」

ベンハミン氏は腕に傘を掛け、相変わらず雨を溜めた雲を見つめながら言った。

「店を空けているからね」そして辞去の言葉代わりに帽子を振り、ドアのところから言った。

「妙な思い込みはやめろよ、アウレリオ。町長の虫歯を抜いたぐらいのことで、お前が臆病者だなんて考える権利は誰にもない」

「それなら」歯科医は言った。「ちょっと待て」

ドアのところまで進んで、二つ折りにした紙をベンハミン氏に渡した。

「読んで、回覧してくれ」

開いてみるまでもなく、ベンハミン氏には中身が何かわかっていた。彼は口を開けて相手を見つめた。

「またか」

歯科医は頷き、ベンハミン氏が通りに出るまでドアのところに立っていた。

十二時に妻が彼に声を掛け、昼食を知らせた。貧しく簡素な家具ばかりの食堂に入ると、最初から古かったのではないかと思われるような品々の間で、二十歳になる娘のアンヘラが靴下を繕っていた。中庭に面したバルコニーの木の欄干に、赤く塗られた鉢が並び、薬草が植えられていた。

「哀れなベンハミン」丸テーブルの自分の席に着きながら歯科医は言った。「ビラなんか気にしている」

「みんな気にしてるわ」妻が言った。

「トバール姉妹は町を出て行くそうよ」アンヘラが口を挟んだ。

　母は皿を受け取ってスープを注ぎ、「何もかも叩き売っているわ」と言った。スープの熱い匂いを吸い込んだ歯科医は、妻の心配と自分が無縁であることを感じた。

「戻ってくるさ」彼は言った。「恥は忘れっぽいからな」

　スープを飲む前にスプーンに息を吹きかけながら、彼は娘の言葉を待った。彼と同じく無愛想な表情をした娘だが、その視線は不思議なほど溌剌《はつらつ》としていた。父に返答することなく、彼女はサーカスの話を始めた。鋸《のこぎり》で女を真っ二つに切る男や、ライオンの口に頭を突っ込んだまま歌う小人、ナイフが並ぶ台の上で三度も続けて危険な飛翔を行う空中ブランコ師が登場するという。歯科医は黙って食事を続けながら娘の話を最後まで聞いた後、夜雨にならなければみんなでサーカスへ行ってみようと提案した。

　寝室で昼寝のためにハンモックを吊るうちに、サーカスへ行く約束をしたにもかかわらず、妻の機嫌がまったく変わっていないことに気がついた。彼女も、ビラのネタにされれば町を捨てて出て行くつもりだった。

妻の覚悟を知っても驚きはなかった。「銃弾で脅されても出て行かなかった我々が」彼は言った。「門に貼り紙をされただけで出て行ったら笑い話だな」そして靴を脱ぎ、靴下をはいたままハンモックに乗りながら妻に言葉をかけた。

「心配はいらない、我々が狙われることはありえない」

「誰にだって容赦ないわ」妻は言った。

「そうでもないさ」歯科医は言った。「私を狙えば高くつくことぐらいわかっているはずだ」

妻は底知れぬ疲れを纏《まと》ったままベッドに横たわった。

「誰が犯人かわかっているような口ぶりね」

「犯人にはわかっているはずさ」歯科医は言った。

町長は何日も食事をしないことがたびたびあった。単に忘れてしまうのだ。時として熱に浮かされたように動き回ることもあれば、手持無沙汰のままあてもなく退屈に町をさまよう時期もあり、また、防弾装備された事務室に閉じ籠って時間の流れを忘れることもあって、彼の生活は不規則だった。いつも独り、いつも気紛れで、特に趣味もなく、規則正しい生活を送ったことなど記憶にもなかった。耐え難い空腹に衝《つ》き動かされた時だけ、時間を選ばずホテルに現れ、出されたものを食べる。

その日はアルカディオ判事と昼食をとった。午後中ずっと一緒に作業を続け、土地の取引を法的に整えた。鑑定士たちは立派に務めを果たし、暫定代理人に選ばれた男は二時間で職務を完了した。四時を少し回ったところでビリヤード場に入っていった二人は、困難な未来探険から帰還したような表情をしていた。

「これで無事終了か」手の平を振りながら町長は言った。

アルカディオ判事は何の反応も見せなかった。でたらめにカウンターの椅子を探る彼の様子を見て、町長は鎮痛剤を渡し、ドン・ロケに向かって声を掛けた。

「水を一杯」

「冷えたビールを一本」カウンターに額をつけたままアルカディオ判事は注文を正した。

「冷えたビールでもいい」カウンターに金を置きながら町長も注文を正した。「男らしく働いた後だからな」

ビールを飲み終えたアルカディオ判事は、指で頭皮をこすった。サーカスのパレードを待ちわびる店内はお祭りの空気で揺れていた。

町長はビリヤード場からパレードを見つめた。まずマランガ[30]の葉のように耳を垂らした小象が現れ、その背で銀装束の娘が金管楽器と打楽器に揺られていた。ピエロと空中ブランコ師の部隊がその後に続いた。すでに完全に雨はあがっており、一日の最後の陽光が水に濡れた午後を暑くしていた。音楽が止んで、竹馬に乗った男がショーを宣伝すると、町全体が奇跡の沈黙とともに地面から浮かび上がってくるようだった。

執務室からパレードを見つめていたアンヘル神父は、頭で音楽のリズムをとっていた。幼少期から取り戻したような幸福感が、食事中も、そして夜になってからも続き、そのままの状態で映画を検閲する鐘を鳴らした後、寝室に入ったところで再び元の自分に戻った。お祈りを終えると、籐の揺り椅子に腰を下ろし、嘆きを帯びた恍惚感に浸ったまま、九時の鐘が鳴ったことにも、映画館の拡声器が鳴り止んで蛙の声だけが残っていたことにも気づかなかった。そして仕事机に向かって町長宛ての呼び出し状をしたためた。

興行主の要請で町長は名誉席に座っており、空中ブランコの最初のショーとピエロの登場を見物した。続いて黒ビロードを着て目隠しを着けたカサンドラが現れ、観客の心の中を読んでみせると触れ回った。町長は逃げ出し、いつもどおり町を巡回した後、十時に警察署に戻った。そこで彼を待っていたのが、丁寧な字で書かれたアンヘル神父の呼び出し状だった。格式ばった作法を前に、町長はぎくりとした。

町長がドアをノックしたのは、ちょうどアンヘル神父が着替えを始めていた時だった。「なんたること、これほど早くお見えとは」神父は言った。町長は中に入る前から帽子を脱いでいた。

「手紙にはきちんとお答えする主義ですから」彼は笑みを見せ、帽子をレコードのように回しながら籐の揺り椅子に放り投げた。

大甕《おおがめ》の下に盥があり、清涼飲料水の瓶が冷やされていた。アンヘル神父が一本取り上げた。

「レモネードはいかが?」

町長は瓶を受け取った。

「ご足労願ったのは」神父は単刀直入に切り出した。「ビラに対する無関心を懸念し

30 カリブ海地域で食されるサトイモ科の塊根。

てのこと」

冗談ともとれる口調だったが、町長は文字どおりに理解した。当惑したまま彼は、ビラに対するアンヘル神父の懸念がなぜこれほど強いのか、不思議に思った。

「神父様まで気にしていらっしゃるとは意外です」

アンヘル神父は机の引き出しを開けて栓抜きを探した。

「私が懸念するのはビラそれ自体ではない」瓶をどうしたものかわからぬまま、神父は困惑気味に話し出した。「私が懸念するのは、どう言えばいいのか、このすべての背後にある不正の空気だ」

町長は彼の手から瓶を取り上げてブーツの底で栓を抜き、その左手の鮮やかな動きにアンヘル神父は目を見張った。町長は瓶の首まで溢れていた泡を舐めた。

「私生活が暴かれていますね」と言い出したものの、締めくくることができなかった。

「真面目な話ですが、神父様、どうしたものか、見当もつきません」

神父は仕事机に着いて言った。「なんとかするしかない。あなたには目新しいことではないでしょう」そして不確かな目で部屋を見回し、調子を変えて言った。

「日曜日の前に何か手を打たないと」

「今日はもう木曜日ですよ」町長が言った。

「時間のことは承知している」神父は答え、密かな力を込めて言い添えた。「あなたにはまだ十分手を打つ時間があるでしょう」

町長は瓶の首を捩ろうとした。肉体的成熟など微塵も感じられない細い体に落ち着きを漂わせて部屋の端から端へと歩く町長の姿を見て、神父は劣等感を覚えた。

「おわかりのとおり」神父は繰り返した。「何か奇抜なことをしようというわけではない」

塔の鐘が十一時を打った。残響が完全に消えるまで待ってから町長は、机に手をついて神父のほうへ身を乗り出した。顔にも声にも、同じ押し殺した焦燥感が漂っていた。

「いいですか、神父様」彼は語り出した。「町は平和を取り戻し、人々は政府を信頼し始めています。ここでこんな些細な問題を前に、うっかり力を誇示するのは危険すぎますよ」

アンヘル神父は頷き、自らの見解をはっきりさせようとした。

「政府に具体策を講じろと言っているわけではない」

「いずれにしても」態度を変えることなく町長は続けた。「事態は把握しています。ご存じのとおり、署には六人の警官が幽閉されていて、何もせずに給料をとっています。代わりの警官はまだ派遣されていません」

「それはわかっている」アンヘル神父は言った。「あなたを責めるつもりはない」

「現在のところ」相手の言葉を意に介することもなく、熱を帯びた調子で町長は続けた。「奴らのうち三人が一般犯罪者で、刑務所から出されて警官の服を着せられたことは、周知の事実です。この状況で、亡霊を捕まえるために奴らを外に出すような危険な真似はできません」

アンヘル神父は両手を開いた。

「もちろん、もちろん」彼は言葉に力を込めた。「当然ながらそんなことは論外だ。だが、例えば、善良な市民に訴えてみてはどうだろうか?」

町長は体を伸ばし、無気力に瓶に口をつけた。胸も背中も汗まみれだった。彼は言った。

「あなたのおっしゃる善良な市民は、ビラのことなど笑い飛ばしていますよ」

「全員ではない」

「それに、結局のところ何の意味もないもののために人の警戒心を呼び覚ますのは不当です。率直に言いますが、神父様」町長は上機嫌で締めくくった。「今の今まで、あなたと私がこの件に関わることになろうとは、想像もできませんでした」

アンヘル神父は母のような態度を見せた。「私はそうでもない」彼は答え、難しい説明を始めるうちに、前日にアシス未亡人と昼食をとった時点から頭のなかで練り始めて、すでに出来上がっていた説教の言葉が口をついて出てきた。「言ってみればこれは」彼は最後まで言った。「道徳的秩序に対するテロ行為なのだ」

町長はあけすけな笑みを顔に浮かべ、相手を遮るようにして言った。「いや、いや、たかが紙切れに、哲学的問題を持ち出すことはないでしょう、神父様」そして飲みかけの瓶を机に置いて、精一杯歩み寄る姿勢を見せた。「そこまでおっしゃるのなら、何ができるか考えてみましょう」

アンヘル神父は感謝した。こんな心配を抱えて日曜日の説教壇に上がるのは不快だと胸の内を明かす神父に対し、町長は理解を示そうとした。気づいていたとおり、すでに夜も更け、神父の睡眠時間を奪っていた。

小太鼓は過去の亡霊のように舞い戻ってきた。午前十時、ビリヤード場の前で鳴り響き、その重力の中心で町民たちを宙吊りにした末、終わりを知らせる三度の力強い警告音とともに、苦悩の再来を告げた。

「死だわ！」あちこちでドアと窓が開いて人々が広場に殺到する光景を前に、モンティエル未亡人は大声を上げた。「死の到来だわ！」

最初のショックから立ち直ると、彼女はバルコニーのカーテンを開け、声明を読み上げようと身構える警官と周りを囲む群衆を見つめた。広場の沈黙が布告の声を圧倒しており、モンティエル未亡人は耳の後ろに手をやってなんとか聞き取ろうとしたが、二言ぐらいしか理解できなかった。

状況を把握している者は家に誰もいなかった。いつもと変わらぬ権威主義的作法で声明が読み上げられた後、世界は新たな秩序の支配下に置かれたが、それが理解できた者は彼女の周りに誰もいなかった。料理婦は彼女の青ざめた顔を見て仰天した。

「何の声明だったのですか？」

「それを調べようとしているのだけれど、誰にもわからないのよ。もちろん」未亡人は付け加えた。「世界の始まり以来、声明がいいニュースだったことは一度もない」

すぐに料理婦は通りへ出て情報を持ち帰った。その日の夜以降、原因となった事態が収束するまで、外出禁止を再開する。夜八時から朝五時まで、町長のサインと印の入った通行許可証なしに通りへ出ることはできない。警察が通りで人と出くわした場合、三度手を上げろの声を掛け、無視された場合には即刻発砲する。警察の夜回りに協力する意思のある市民を町長が指名し、パトロール隊を組織する。

爪を噛みながらモンティエル未亡人は、この措置の原因が何なのか訊いた。

「声明には示されていませんが」料理婦が答えた。「皆、口を揃えてビラだと言っています」

「そんな予感がしていたわ」未亡人は怯えて叫んだ。「この町は死にとりつかれている」

彼女はカルミカエル氏を呼んだ。衝動よりもっと成熟した古い力に駆られた未亡人は、ホセ・モンティエルが亡くなる一年前、生涯初めてとなる旅行に備えて買った逸品、銅の釘で補強した革トランクを物置から出して寝室に運ぶよう命じた。そしてクローゼットからわずかばかりの正装と肌着と靴を取り出し、トランクの底に詰めた。作業とともに込み上げてきたのは絶対的安堵であり、それは彼女が、この町とこの家から遠く離れて、オレガノの鉢を並べたテラスと竈のある部屋にいる自分、独りきりでホセ・モンティエルを思い起こしながら、娘たちの手紙が届く月曜の午後を待つ以外に関心事のなくなった自分を夢見るたびに湧いてくる感情と同じだった。

必要最小限の服を入れ、鋏、絆創膏、ヨード液の瓶、裁縫道具を入れた小箱、ロザリオを入れた靴箱、そして祈禱書数冊を詰めたところで、神に許される以上のものを運び出そうとしているのではないか、そんな思いに囚われた。そこで石膏の聖ラファエル像を靴下に入れ、服の間に注意深くしまって、トランクの鍵をかけた。

そこに現れたカルミカエル氏は、未亡人が質素な服に身を包んでいることに気がついた。その日は、なんの予兆なのか、カルミカエル氏は傘を持っていなかったが、未亡人の目には留まらなかった。彼女がポケットから取り出したのは、家の鍵すべてであり、一本一本にタイプライターで注釈を打ち込んだボール紙の切れ端が付いていた。鍵束を手渡しながら未亡人は言った。

「ホセ・モンティエルの罪深い世界をあなたの手に委ねます。どうぞお好きなようになさってください」

随分前からカルミカエル氏が恐れていた瞬間だった。

「つまり」彼は探るような調子で言った。「事態が収まるまでどこかへ行っているということですか？」

未亡人は落ち着いた、それでいてきっぱりした調子で答えた。

「帰ってくるつもりはありません」

カルミカエル氏は不安を表に出すことなく状況を手短に説明した。ホセ・モンティエルの遺産はまだ精算されておらず、様々な仕方で取得した財産の多くが、正式な手続きも行われぬまま、法的に曖昧な状態で残っている。ホセ・モンティエル自身ですら亡くなる直前の数年間にはよく把握できていなかった不透明な財産の整理がつかないかぎり、遺産の精算はできない。ドイツで領事職にある長男と、パリの狂気的肉体市場に魅了された二人の娘が帰国するか、代理人を指名して権限を委嘱しなければ、何も売却することはできない。

　二年前から嵌まり込んでいた迷宮が俄かに照らされても、この時ばかりはモンティエル未亡人の心を動かすことはできなかった。

「かまいません」彼女は言った。「子供たちはヨーロッパで幸せに暮らしていて、彼らの言うこの野蛮人の国に用など何もありません。お望みなら、カルミカエルさん、この家にあるものすべてをひとまとめにして、豚にくれてやってもかまいません」

　カルミカエル氏はそれ以上何も言わなかった。いずれにせよ、旅立つ前にそれなりの準備が必要だと口実を設け、医師に会いに行くために彼は外へ出た。


「さて、グアルディオラ、君の愛国心を試してみようじゃないか」

　理髪師と店内で談話していた男二人には、ドア口に現れる前からそれが町長だとわかった。「それに、君たち」町長は二人の若者を指差しながら続けた。「今晩、お望みどおりライフルを進呈しよう。銃口を我々に向けるような恩知らずはやめてくれよ」

　彼の言葉には明らかな親愛の調子が感じられた。

「それより箒をください」理髪師が言った。「魔女狩りなら箒に勝る武器はありません」

彼は町長に目を向けることさえしなかった。朝最初の客のうなじを剃っているところで、町長の言葉を真に受けてはいなかった。だが、若者たちの誰が予備兵として銃の使い方を心得ているか確かめる町長の様子を見て、初めて本当に自分まで候補者になっていることを理解した。

「そんな話に我々を本気で巻き込むのですか、警部補?」彼は問いかけた。

「おいおい、ちくしょうめ」町長は答えた。「これまで銃を手に入れようとあれこれ画策してきておいて、いざ手に入るとなると信じられないのか」

町長は理髪師の背後に立ち、鏡越しに男たちを威圧しながら言った。「本気だとも。今日の午後六時、第一級予備兵は署に出頭のこと」理髪師は鏡に映る相手を正面から見据えて問いかけた。

「肺炎でも患ったら?」

「監獄で治してやる」町長は答えた。

ビリヤード場の蓄音機が感傷的なボレロをひねり出していた。人の姿は見えなかったが、飲み物の瓶や飲みかけのコップが置かれたテーブルがいくつか目についた。

「これでやっと」入店してきた町長を見てドン・ロケが言った。「収まるところに収まりましたね。七時には閉店です」

店の奥にあるカードゲーム用の席も空いており、町長は直接そこへ向かった。トイレのドアを開け、便器を一瞥したうえでカウンターへ戻ったが、ビリヤード台の脇を通るところで不意にカバーを持ち上げて言った。

「いいから、ふざけるのはよせ」

二人の少年が台の下から這い出し、ズボンの埃を払った。一人は顔面蒼白で、もっと若いもう一人は耳を真っ赤にしていた。町長は入り口のテーブルへ二人の体を優しく押しやった。

「わかっているな」彼は言った。「午後六時、署に集合だぞ」

ドン・ロケはカウンターの後ろからこの光景を見つめていた。

「この調子なら」彼は言った。「密売でもする必要があるでしょうね」

「二、三日のことだ」町長は言った。

映画館のオーナーが角で彼に追いついた。「これでダメ押しです」彼は大声で言った。「十二回の鐘に続いて、外出禁止のラッパ」町長は彼の肩を軽く叩いて受け流そうとした。

「私が没収してやろう」彼は言った。

「無理です」オーナーは言った。「映画は公共事業じゃありません」

「戒厳令下なら」町長は言った。「映画だって公共事業になりうる」

そこで初めて笑みが顔から消えた。二段飛ばしで署の階段を上がり、二階に着いたところで、両手を広げて笑顔に戻った。

「クソッたれ！」叫び声が漏れた。「あんたもか？」

サーカスの興行主が東洋の君主のように物憂げに折り畳み椅子にふんぞり返り、恍惚とした表情でアシカ型のパイプをふかしていた。まるで自分の家にでもいるように、町長に向かって座るよう合図した。

「商売の話をしましょう、警部補」

町長は椅子を近づけて彼の前に座った。色とりどりの宝石に飾られた手でパイプを持ったまま、興行主は謎めいた仕草を見せた。

「率直にお話ししてよろしいですか？」

町長は許諾の仕草を見せた。

「髭を剃る様子を見ていた時から思っていました」興行主は言った。「わかりました。いろんな人を見てきた私にはわかりますが、この外出禁止令はあなたにとって……」

町長は楽しんでやろうという明確な意図で相手の様子を観察した。

「……とはいえ、すでに大枚をはたいてショーを準備し、十七人のスタッフと九頭の猛獣を養わねばならない私のような者にとって、これは大惨事です」

「それで?」

「そこでご提案ですが」興行主は答えた。「外出禁止を十一時まで延ばして、ナイトショーの利益を折半するということでいかがでしょう」

町長は椅子に同じ姿勢で座ったまま顔に笑みを浮かべていた。

「どうやら」彼は言った。「私がコソ泥だという町民の噂でもお聞きになったようで」

「これは合法的な取引です」興行主は反論した。

いつのまにか町長が真剣な顔になっていた。

「月曜日に話すとしよう」町長は言葉を濁した。

「月曜日には借金で首が回らなくなっていることでしょう」興行主は答えた。「我々はすでに文無しですから」

町長は優しく彼の背中を叩きながら階段のほうへ導いて言った。「今さら言われなくても、そんなことはわかっているさ」そして階段の一歩手前で慰めるように言い添えた。「今晩、カサンドラを寄越してくれ」

興行主は振り向こうとしたが、背中を押す手に断固たる力が感じられた。

「もちろん」彼は言った。「最初からそのつもりです」

「彼女を寄越してくれ」町長は繰り返した。「明日話すとしよう」

ベンハミン氏は指二本で金網のドアを開けたが、家の中には入らなかった。密かな苛立ちを込めて声を荒げた。

「窓、ノラ」

男のように髪を短く切った大柄の熟女ノラ・デ・ヤコブは、薄暗いリビングで電気扇風機の前に横たわって、昼食にやってくるベンハミン氏を待っていた。彼の声を聞いて難儀そうに体を起こし、通りに向いた四カ所の窓を開けた。熱波がリビングに入り、角ばった孔雀《くじゃく》を際限なく反復するタイルや、花柄のカバーに覆われた家具へと押し寄せた。細部にまでささやかな贅沢が感じられる部屋だった。

「町の噂はどこまで真実なの？」彼女は問いかけた。

「噂にもいろいろある」

「モンティエル未亡人のことよ」ノラ・デ・ヤコブが言った。「頭がどうかしたそうじゃない」

「私に言わせれば、随分前から狂っているな」ベンハミン氏は言って、落胆を込めて付け加えた。「確かに、今朝、バルコニーから飛び降りようとしたらしい」

通りから丸見えになったテーブルの両端に食器が準備されていた。「天罰ね」ノラ・デ・ヤコブは言って、手を叩いて食事の給仕を促した。そして扇風機を食堂に持ち込んだ。

「朝から店に人が溢れている」ベンハミン氏は言った。

「内部を見るいい機会じゃないの」ノラ・デ・ヤコブは答えた。

色とりどりのカーラーを頭に載せた黒人の少女が煮えたぎったスープをテーブルに運んできた。食堂に鶏肉の臭いが溢れ、たまらない暑さになった。ベンハミン氏は首にナプキンをつけ、乾杯と言って、熱いスープをスプーンから飲もうとした。

「強情はやめて、冷ましてから飲みなさいよ」ノラは苛立ちを見せた。「それに、上着を脱ぎなさい。あなたが窓を閉め切った家に入りたがらないせいで、みんな暑くて死にそうなのよ」

「今こそしっかり開けておかないと」彼は言った。「これで、私がここにいる時の一挙手一投足がみんなに見えるからね」

書類用の封蠟のような歯茎を見せて高らかに笑う彼の姿は不自然だった。「バカね」彼女は言った。「何を言われたって、私は別にかまわないわ」ようやくスープが飲める温度になったところで、途切れ途切れに彼女は話を続けた。

「モニカについて何か言われれば気になるかもしれないけどね」学校へ入学するために町を出て以来、休暇で帰省したことさえない十五歳の娘のことだった。「私のことなら、みんな知っていること以外、噂のネタなんか何もないわ」

この時のベンハミン氏は、いつもと違って、納得がいかないというような目つきを見せなかった。黙ってスープを飲む二人は、長さ二メートルのテーブルに隔てられており、とりわけ人前では、この距離以上に二人が近づくことは決してなかった。二十年前、まだ学校に通っていた頃は、彼の書いてくる陳腐な長い手紙に対し、彼女は情熱的な文面を返していた。ある年の休暇中、屋外を散策している時に、酔ったネストル・ヤコブが彼女の髪を引っ張って囲い場の端に追い込み、選択の余地を与えぬ愛の告白を行った。「僕と結婚してくれなければ銃で君を殺す」休暇の終わりに二人は結婚し、十年後に別れた。

「いずれにせよ」ベンハミン氏は言った。「窓を閉めて人の想像力を刺激する必要はない」

コーヒーを飲み終えて立ち上がりながら彼は言った。「もう行くよ。ミナが苛立っていることだろう」ドアのところで帽子を被りながら彼は声を上げた。

「この家は焼けそうだな」

「そう言っているでしょう」彼女は答えた。

最後の窓から彼を見送り、祝福でも授けるような別れの合図を待ってから、寝室に扇風機を持ち込んで、ドアを閉めてすぐ裸になった。そして最後に、毎日食後にしているとおり、隣のトイレに入り、自分だけの秘め事を抱えて便器の上に座った。

毎日四度、家の前を通るネストル・ヤコブの姿を見ていた。別の女性と同居していて、彼女との間に四人の子供がおり、模範的父親と見なされていることは、町の誰もが知っていた。ここ数年は、子供たちと家の前を通ることが何度もあったが、女と一緒にいる姿は見たことがなかった。老いて痩せこけ、顔も青白くなって、かつて親密にしていた頃とは別人になっていたが、独りで昼寝をする時間になると、猛烈に彼が恋しくなることがあった。とはいえ、恋しいのは毎日家の前を通る彼ではなく、モニカがまだ生まれる前、月並で儚《はかな》い二人の愛がまだ耐えられなくなる以前の彼だった。

アルカディオ判事は昼まで寝ていて、事務所に出るまで声明のことは何も知らなかった。それに対し秘書は、八時に町長から布告の作成を命じられて以来、不安に苛まれていた。

「いずれにせよ」細部について聞いた後にアルカディオ判事は考え込んだ。「過激な措置だな。そんな必要はないのに」

「いつもと同じ布告ですよ」

「それはそうだ」判事は言った。「だが、事態はすでに変わっているのだから、講じる措置だって変わるのが当然だ。みんな震え上がっているんじゃないか」

だが、ビリヤード場でカードゲームに興じるうちにわかったとおり、町民を支配していたのは不安の感情ではなかった。むしろ、状況は変わっていないという誰もが薄々感づいていた事実が確かめられて、集団的勝利の気運が漂っていた。ビリヤード場を出たところで、判事は町長と鉢合わせした。

「ビラは無意味だったということですか」判事は言った。「みんな幸せそうです」

町長は彼の腕をとって言った。「町民に危害を加えようというわけじゃない。型どおりの措置だ」このように歩きながら話すのはアルカディオ判事にとって苦痛だった。町長は急用にでも駆けつけるように断固たる足取りで進んでいたが、だいぶ歩いた後でやっとわかったとおり、実はどこへ行くわけでもなかった。

「こんなことをずっと放っておくわけにはいかない」町長は続けた。「日曜までには、ふざけた紙切れ野郎をブタ箱にぶちこんでやる。なぜかわからんが、女ではないかという気がする」

アルカディオ判事には信じられなかった。秘書の伝えてくる情報を漫然と聞き流してきただけとはいえ、彼の辿り着いた結論では、ビラは単独犯の仕業ではなく、予《あらかじ》め示し合わせた計画に沿って行われているわけでもない。ここ数日は新展開があり、絵が貼られるようになっていた。

「男か女かという話ではなく」アルカディオ判事がとうとう口を開いた。「いろんな男女が好き勝手にやっているだけかもしれませんね」

「話をややこしくしないでくれよ、判事」町長は言った。「どんな事件であれ、たとえ複数の人間が関わっていたとしても、主犯は一人だけだ」

「それはアリストテレスの言葉ですね、警部補」判事は答え、自信を込めて言い添えた。「いずれにせよ、私には無茶な措置だと思われます。犯人たちは外出禁止が解かれるまで何もしないでしょうからね」

「それでもかまわない」町長は言った。「単に当局の威信を示すための措置だからな」

徴集された者たちが署に集まり始めていた。中庭を囲む高いコンクリートの壁には血痕と弾痕があちこちについており、囚人が独房に収容しきれなくなって屋外にまで放り出されていた時代のことを思い起こさせた。その日の午後は、武器を持っていない警官たちが下着姿で通路をうろついていた。

「ロビラ」入り口から町長が叫んだ。「若者たちに何か飲み物を持ってこい」

警官は制服を身に着けながら問いかけた。

「ラム酒ですか?」

「バカなことを言うな」防弾装備の事務室に向かいながら町長が声を荒げた。「冷たいものだ」

徴集された者たちは中庭の周りに腰を下ろして煙草を吸っており、アルカディオ判事は二階の欄干からその様子を見つめていた。

「自分から志願してきたのですか？」

「冗談じゃない」町長は言った。「兵役でもないのに、ベッドの下から引っ張り出さなきゃならなかった」

判事の顔見知りは一人もいなかった。

「反対派から徴集されたみたいですね」彼は言った。

事務室の鉄扉が開くと、冷たい息が漏れてきた。「つまり戦闘には強いわけだ」町長は自らの要塞と化した部屋の明かりを点けて、顔に笑みを浮かべた。端に野戦用ベッドがあり、椅子の上にガラスの水差しとコップが載っているほか、ベッドの下におまるが見えた。剝き出しのコンクリートの壁にライフルと軽機関銃が立てかけられていた。換気口となるのは高い位置についた小さな採光窓だけであり、そこからは港と二本の目抜き通りを一望できる。反対側の端に事務机と金庫があった。

町長は番号を合わせた。

「これだけじゃない」彼は言った。「みんなに銃を与える」

二人に続いて警官が入ってきた。町長は札束を渡しながら言った。「煙草も一人二箱ずつ用意しておけ」警官が出て行ったところで、町長は再びアルカディオ判事に向かって言った。

「どうだい？」

判事は思いつめたように言った。

「無意味に危険を冒すだけですね」

「みんな唖然《あぜん》とするかもしれない」町長は言った。「それに、あの哀れな若者たちは、銃をどうすればいいかもわからないだろう」

「今は当惑しているかもしれませんが」判事は言った。「すぐに慣れますよ」

腹に巣食う空虚な感覚を必死に抑えつけながら彼は意見を述べた。「気をつけてください、警部補。すべて台無しになりかねませんよ」町長は謎めいた仕草で彼を事務室の外へ導いた。

「そんな愚かしい事態はありえないよ、判事」彼は相手の耳元に囁いた。「空砲しか入れていないからな」

中庭まで下りると、すでに明かりが点いていた。コガネムシがぶつかる薄汚れた電球の下で、徴集された者たちが清涼飲料を飲んでいた。何日も前から水たまりの残る中庭を端から端へと歩きながら町長は、今晩の任務について父親のような口調で説明した。主な街角に二人一組で歩哨に立ち、三度手を上げろと命じても従わなければ、相手が男であろうと女であろうと発砲する。そして勇気と節度を説いた。深夜を過ぎた頃に食事を届ける。神のご加護があれば、すべてつつがなく進み、社会の平和に向けた町政府の取り組みが町民たちに評価されることだろう。

八時の鐘が鳴り始めたところでアンヘル神父はテーブルを離れた。中庭の明かりを消し、閂《かんぬき》をかけて、祈禱書に向かって十字を切った。「神の名において」どこか遠くの中庭でイシチドリが鳴いた。涼しい廊下へ出て、黒い布で覆った鳥籠の脇でうとうとしていたアシス未亡人は、二つ目の鐘を聞いたところで目をつぶったまま問いかけた。「もうロベルトは来たの?」ドア口に尻をついていた家政婦が応じ、七時から寝ているこ とを伝えた。その少し前、ノラ・デ・ヤコブはラジオのボリュームを下げ、どこか清潔で快適な場所から流れてくるような優しい音楽にうっとりと聞き入っていた。遠すぎて現実離れした声が地平線上で誰かの名を叫び、犬たちが吠え始めた。

歯科医はまだニュースを聞いている最中だった。中庭の電球の下で妻がクロスワードを解いていたことを思い出し、振り向きもせぬまま声を掛けた。「戸を閉めて、部屋でやりなさい」妻はぎくりとして目を覚ました。

実際に七時に就寝していたロベルト・アシスは、ベッドから起きて、半開きの窓から広場を見つめたが、目に入ったのは、暗いアーモンドの木立、それにモンティエル未亡人邸のバルコニーで最後の明かりが消える様子だけだった。彼の妻はテーブルランプを点け、押し殺したような囁き声で寝るよう言った。犬が一匹、五回目の鐘が鳴るまで鳴き続けていた。

空き缶と埃を被った小瓶だらけの暑い部屋で、ドン・ラロ・モスコーテは、腹の上に新聞を広げて額に眼鏡を載せたまま鼾をかいていた。中風の妻は、似たような夜の記憶に怯えたまま、布切れで蚊を追い払いながら心の中で時間を数えていた。遠い叫び声と犬たちの鳴き声と忍び足で駆けていく音が消えて、沈黙が始まった。

「コラミン[31]が入っているか確かめておけよ」寝る前に緊急用の薬を鞄に詰める妻に向

かってヒラルド医師は声を掛けた。二人揃って思い描いていたのは、飲んだばかりのルミナール[32]で死体のように硬直したモンティエル未亡人の姿だった。ドン・サバスだけは、カルミカエル氏と話し込んだ後、時間の感覚を失っていた。まだ事務室で翌日の朝食の目方を計っていたところで七回目の鐘が鳴り、妻が髪を振り乱して寝室から出てきた。川の流れは止まっていた。「こんな夜には」暗闇で誰かが呟いた瞬間、八回目の鐘が取り消し不可能なほど深く響き、十五秒前からパチパチ鳴り始めていた何かが完全に消えた。

外出禁止を知らせるラッパの響きが完全に消えるまで、ヒラルド医師は本を閉じていた。妻は鞄をナイトテーブルに置き、壁に顔を向けて横になって明かりを消した。医師は本を広げたが、読み始めようとはしなかった。桁外れの沈黙で町は寝室の大きさまで縮まり、二人だけがゆっくり息をついていた。

「何を考えているの?」

「何も」医師は答えた。

十一時にやっと集中力が戻ったが、八時の鐘が鳴り始めた時に読んでいたのと同じページが目の前にあった。ページの角を折り曲げて本をナイトテーブルに置いた。妻は眠っていた。かつては、明け方まで二人とも目を覚ましたまま、銃声の場所と状況を特定しようと努めていた。ブーツと銃の音が家の門まで届いたことが何度もあり、そのたびに、一斉掃射でドアが破壊される瞬間をベッドに座って待ち続けた。恐怖の色合いを無数に見分けることができるようになった後でも、回覧用の秘密文書を詰めた枕に頭を載せて目を覚ましたまま夜を過ごしたことが何度もあった。ある日の夜明け前、診察室のドアの前から、セレナーデに先立つ密かな準備の物音が聞こえたが、すぐに町長の疲れた声が届いた。「そこはいい。奴は無関係だ」ヒラルド医師は明かりを消して眠ることにした。

真夜中過ぎに霧雨が降り始めた。港の角で見張りについていた理髪師ともう一人が持ち場を離れ、ベンハミン氏の店の軒先に逃れた。理髪師が煙草に火を点け、マッチの光で銃を調べた。新品だった。

「アメリカ製だ」彼は言った。

31　呼吸器などに作用する強壮剤。
32　不眠症の治療などに使われる薬品。

もう一人は何本もマッチを擦ってカービン銃の銘柄を調べようとしたが、見つからなかった。庇から落ちた水滴が銃尾に跳ね返って空っぽの音を立てた。「妙な話ですね」袖で水滴を拭いながら彼は言った。「ここでこうして二人、それぞれ雨に打たれたまま銃を握っているとは」音の消えた町にあって、聞こえるのは庇に当たる雨音だけだった。

「我々は九名」理髪師は言った。「敵方は町長を入れて七名だが、三名は署に閉じ込められている」

「私もさっきまで同じことを考えていました」もう一人が言った。

町長の懐中電灯に荒っぽく照らされて浮かび上がった二人は、靴に当たって散弾のように跳ね返る水滴で銃が濡れないよう注意しながら壁際に尻をついていた。懐中電灯が消えて人影が軒下に入ってきたところで、二人にはそれが町長だとわかった。野戦用のレインコートを着て、軽機関銃を肩から斜めに掛けていた。右腕に着けた時計を確認した後、同伴の警官に向かって指示を出した。

「署に戻って、食事がどうなったか訊いてこい」

戦闘開始の指令でも出すような口調だった。警官が雨の下に消えたところで、町長は二人の横に尻をついた。

「何かあったか？」彼は問いかけた。

「何も」理髪師が答えた。

もう一人が自分の煙草に火を点ける前に町長に一本差し出したが、町長は断った。

「いつまでこんなことをさせるおつもりです、警部補？」

「わからない」町長は言った。「とりあえず、外出禁止が解けるまでだ。明日のことはまた考える」

「朝五時まで！」理髪師は声を上げた。

「まったく」もう一人が言った。「俺は朝四時から起きているというのに」

霧雨の囁きを縫って犬の喧騒が届いてきた。騒ぎが収まって一匹の声だけになるまで町長は待ち、それから悲し気に男のほうへ向き直って言った。

「俺だって同じさ。人生の半分はこんな生活だ。眠くて仕方がない」

「それほどのことではありませんよ」理髪師が言った。「バカバカしくて、ママゴトも同然です」

「俺にもそう思えてきた」町長は溜め息をついた。

戻ってきた警官が、雨が止み次第食事の提供を始めることを伝えた。続いて、通行許可証を所持していない女が連行されて、署で町長を待っていることを報告した。

カサンドラだった。バルコニーの陰気臭い電球に照らされた部屋で、ビニールの合羽を着て折り畳み椅子に座ったまま眠っていた。町長が人差し指と親指で鼻をつまむと、彼女はうめき声を漏らし、必死に体を揺らし始めたところで目を開けた。

「夢を見ていたわ」彼女は言った。

町長は部屋の明かりを点けた。カサンドラは手で目を覆いながら愚痴っぽく体を捩り、町長は一瞬だけ銀色の爪と剃った腋《わき》に怯んだ。

「ふてぶてしい人ね」彼女は言った。「十一時からここにいるのよ」

「部屋にいると思っていた」町長は言い訳めいた口調になった。

「通行許可証がないもの」

二日前は銅色だった髪が銀灰色になっていた。「忘れていた」町長は笑みを見せ、レインコートを掛けた後に、彼女の脇に座った。「お前が紙切れの犯人だと思われていなければいいがな」女はいつもの気安い振る舞いに戻っていた。

「そうね」彼女は答えた。「私は激情のほうが好き」

突如町長は道に迷ったように無防備な姿を見せ、指の関節を鳴らしながら呟いた。

「お前に頼みがある」カサンドラは探るように相手を見つめた。

「ここだけの話だが」町長は続けた。「この件の犯人が誰か、カードで占ってみてくれないか」

彼女は顔を背け、短い沈黙の後に「わかったわ」と言った。町長は促した。

「これは何よりお前たちのためだ」

彼女は頷いた。

「終わったわ」彼女は言った。

町長は逸《はや》る気持ちを抑えきれなかった。「妙な話よ」計算ずくのメロドラマ的調子でカサンドラは続けた。「机の上に置いたままにするのが怖いくらいはっきり見えているわ」息遣いまで劇的になっていた。

「誰なんだ?」

「町全体であって誰でもない」

アシス未亡人の息子たちが日曜日のミサにやってきた。ロベルト・アシス以外の七人は、皆判で押したように同じ筋骨隆々の体型で、振る舞いは粗野だが、馬車馬のように力仕事に取り組み、母親に絶対服従だった。末っ子のロベルト・アシスだけが結婚しており、兄たちと共通するのは、鼻の骨に結び目のような突起があるところだけだった。振る舞いはごく普通だが病弱な彼は、待ちわびた末に授かることのなかった娘の代わりにアシス未亡人が手にしたご褒美のようなものだった。

七人のアシス兄弟が家畜から荷下ろしを終えた台所では、脚を縛られた鶏や豆類、チーズ、黒糖、塩漬け肉などが散乱する間を未亡人が歩き回り、家政婦たちに指示を出していた。ようやく台所が片付くと、一番いい食材を選りすぐってアンヘル神父に届けさせた。

神父は髭を剃っている最中で、時折中庭へ手を出しては霧雨で顎を濡らしていた。もうすぐ剃り終わるというところで、裸足の少女二人がノックもせずに扉を開け、彼の前に、熟したパイナップルや色のいいバナナ、黒糖、チーズ、豆と産みたての卵を入れた籠をぶちまけた。

アンヘル神父はウィンクして言った。「これじゃまるでウサギおじさんの夢だ」幼いほうの少女が目を大きく開けて神父を指差した。

「神父様も髭を剃るんだ！」

もう一人の少女が彼女を扉のほうへ押しやった。「おやおや」神父は笑みを見せた後、真顔に戻って付け加えた。「私たちだって人間だ」そして床に散らかった食べ物を見つめ、アシス家以外にこれほど豪勢な贈り物ができる家族はいないと思った。

「彼らに伝えてくれ」神父は声を上げた。「神から健康を授かりますように」

四十年も聖職にありながら厳粛な場面を迎えると緊張を抑えられないアンヘル神父は、髭を剃り残したまま道具をしまった。そして食料を集めて大甕の脇に積み上げ、僧衣で手を拭いながら聖具保管室に入った。

教会は満員だった。説教壇に隣接する二列の座席はアシス家から寄贈されたもので、それぞれに銅板で名前が刻まれており、アシス兄弟と母、義妹がそこに座っていた。数カ月ぶりに全員揃って教会に到着する姿は、馬にでも乗っているように見えた。長男のクリストバル・アシスは三十分前に牧場から戻ったばかりで、髭を剃る間もなく、拍車付きの乗馬ブーツを履いたままだった。この大男を見れば、セサル・モンテロが老アダルベルト・アシスの隠し子だという、誰もが口にするが確かめられたことのない噂が説得力を増した。

聖具保管室に典礼用の装束が見当たらず、アンヘル神父はうろたえた。困惑して自分自身にあやふやな叱責を向けながら引き出しを掻き回していたところに、侍祭[33]が現れた。

「トリニダッドを呼んで」神父は言った。「どこにストラ[34]があるか訊いてくれ」

土曜日からトリニダッドが体調を崩していることをすっかり忘れていた。繕いのために持ち帰ったものがあるのかもしれないと侍祭は思った。やむなくアンヘル神父は葬儀用の服を身に着けた。集中できなかった。説教壇に上がった時もまだ苛立ちで呼吸が乱れており、ここ数日じっくり練り上げた論法も、部屋に独りでいる時と違って、今や説得力に欠けるような気がしてきた。

十分間話しただけだが、予め準備した型に嵌まり切らないほどの思いに圧倒され、何度も言葉につかえた。アシス未亡人は子供たちに囲まれていた。何世紀も経って色褪せた家族写真にうつる彼らを見ているような気分だった。現代に生きる人間のように見えるのは、ビャクダンの扇子を豊満な胸にあてたレベカ・デ・アシスだけだった。アンヘル神父は直接ビラに触れることなく説教を終えた。

ミサが再開されるまでの間、アシス未亡人は数分だけじっと体を固めたまま、密かな苛立ちを込めて結婚指輪をつけたり外したりしていた。そして十字を切って立ち上がり、息子たちを後ろに引き連れてあたふたと身廊[35]から教会を後にした。

ヒラルド医師にとっては、自殺の心理的メカニズムが理解できるような朝だった。音もなく霧雨が降るなか、隣家から小鳥の囀《さえず》りが届き、歯を磨く医師に向かって妻

33　教会でミサの準備を司る者。
34　司祭が礼拝の際に使用する帯。首からかける。
35　キリスト教会で入り口から祭壇へと続くスペース。

が話しかけた。

「日曜日は妙ね」朝食のテーブルを準備しながら彼女は言った。「解体されて吊るされたみたいに、生肉の臭いがするわ」

医師は剃刀を組み立てて髭を剃り始めた。目は潤み、瞼が腫れていた。「よく寝てないのね」妻が言って、穏やかな憂いを込めて付け加えた。「そのうち、日曜日に老け顔で目を覚ますんじゃないの」彼女は擦り切れたガウンを着て、頭にたくさんカーラーをつけていた。

「頼むから」医師は言った。「黙っていてくれ」

妻は台所へ行ってコーヒーの鍋を竈にかけ、最初は小鳥の囀りに、やがてシャワーの音に耳を澄ませながら、沸騰するまで待った。そして部屋へ向かい、シャワーから出た夫が着る服を準備した。テーブルに朝食を運ぶと、すでに夫は着替えを済ませており、カーキ色のズボンとカジュアルなシャツを着た姿は少し若返って見えた。

二人は黙って朝食をとった。食べ終わる頃、医師が優しい顔で妻に視線を向けると、彼女は恨みに震えたまま俯いてコーヒーを飲んでいた。

「肝臓のせいだ」彼は言い訳めいた調子で言った。

「横柄な態度の言い訳にはならないわ」妻は俯いたまま言った。

「中毒にちがいない」医師は言った。「この雨で肝臓が詰まってるんだ」

「お決まりの台詞《せりふ》ね」妻は答え、さらに付け加えた。「でも、何もしない。いい加減に目を開けないと、自分で自分の首を絞めることになるわよ」

医師も同意見のようだった。「十二月には」彼は言った。「二週間ほど海へ行くとしよう」そして、長い十月に塞ぎ込んだ中庭を食堂から隔てる木格子の菱形越しに霧雨を見つめながら言い添えた。「そうすれば、少なくとも四カ月ぐらいはこんな日曜日を避けられる」妻は皿を重ねて台所へ運んだ。食堂へ戻ると、医師はすでに棕櫚編みの帽子を被って鞄を準備していた。

「それじゃ、アシス未亡人はまたミサの途中で教会を出たのか」彼は言った。

歯を磨き始める前に妻の口から聞いた言葉だったが、その時はただ聞き流していた。

「今年三回目ぐらいかしら」彼女は言った。「どうやらそれ以外のお楽しみはないようね」

医師はしっかり整った歯を見せた。

「金持ちはどこかおかしい」

教会の帰り道にモンティエル未亡人を訪ねた女たちが集まっていた。リビングにいる女たちに医師が声を掛けると、笑いのざわめきが階段の踊り場まで彼を追ってきた。ドアをノックする前に、寝室にも女がいることに気づいたが、誰かが入るよう声を掛けてきた。

モンティエル未亡人は髪を解いて座っており、両手でシーツの縁を胸の上に押しつけていた。膝に鏡と角製の櫛が載っていた。

「あなたもパーティーに出向く決心をしたというわけですか」医師は言った。

「十五歳のお祝いですもの」女の一人が言った。

「十八歳よ」悲し気な笑みを浮かべながらモンティエル未亡人が正し、再びベッドに横たわって、首までシーツを被った。「もちろん」彼女は上機嫌で付け加えた。「男は誰も招待されていません。あなたのように不吉な方はなおさらです」

医師は濡れた帽子をチェストの上に置いた。「いいことです」思いの詰まった寛大な目で患者を見つめながら彼は言った。「どうやら私の出る幕ではないようですね」そして女の一団に向かって言った。

「外していただけますか？」

医師と二人きりになると、モンティエル未亡人は再び病人らしい悲し気な表情になったが、医師のほうは気づいていないようだった。鞄から出したものをナイトテーブルに置きながら、相変わらず陽気な口調で語りかけていた。

「お願いです、先生」未亡人はすがりついた。「もう注射は勘弁してください。体中が穴だらけです」

「注射こそ」医師は微笑んだ。「医者たちを養う最高の発明品です」

未亡人も微笑んだ。

「信じてください」シーツの上から尻のあたりを探りながら彼女は言った。「この辺り全体が痛くて、触ることもできません」

「別に触らなくてかまいません」医師が言った。

今度は未亡人が率直な笑みを顔に浮かべた。

「日曜日とはいえ、冗談はやめて真面目に話してください、先生」

医師は彼女の腕をとって血圧を計り始めた。

「医者に止められています」彼は言った。「肝臓に悪いのです」

血圧測定の間、未亡人は子供のような好奇心で血圧計の弧を見つめていた。「こんなおかしな時計は見たことがないわ」彼女は言った。医師は表示に集中しており、最後にゴム球を握った。

「起床時間を正確に記録できるのはこの時計だけです」彼は言った。

測定を終えてチューブを巻き取りながら彼は患者の顔を仔細に調べ、白い錠剤の入った小瓶をナイトテーブルに置くと、十二時間ごとに服用という注意書きが見えた。

「私の注射がお嫌なら」彼は言った。「もうやめましょう。あなたは私より元気です」

未亡人は苛立ちを見せて言った。

「私はずっと元気です」

「それはそうでしょうが」医師は答えた。「診療費を請求する口実が必要ですから」

話題を変えるようにして未亡人は問いを向けた。

「まだ寝たままでいたほうがいいのですか?」

「とんでもない」医師は言った。「まったく逆です。下へ行って、しかるべく来客の応対をしてください」そして意地悪な声で言い添えた。「いろいろ話があることでしょう」

「お願いです、先生」彼女は声を上げた。「意地悪な詮索はやめてください。ビラの犯人は先生でしょう」

ヒラルド医師はこの思いつきを面白がった。去り際、銅の釘の付いた革トランクが旅行用に詰められたまま寝室の隅に置かれていることに気づき、こっそり視線を送った。「あと」ドアのところから彼は大声で言った。「世界一周旅行から帰る時には、何かお土産をよろしく」すでに未亡人は辛抱強く髪を梳かす作業に戻っていた。

「もちろんです、先生」

彼女はそのままリビングには下りず、最後の来客が帰るまでベッドにとどまった後、ようやく服を着替えた。カルミカエル氏が入っていくと、彼女は半開きになったバルコニーの前で食事をとっていた。

挨拶の声を聞いても彼女はバルコニーから目を離さず、返事代わりに言った。

「やっぱり、あの方が羨《うらや》ましいわ。勇気があって」カルミカエル氏もアシス未亡人の家を見つめた。十一時だというのに、ドアも窓も開いていなかった。

「持って生まれた素養ですね」彼は言った。「あれくらい男勝りで肝が据わっていれば、あんなふうになるのは当然でしょう」そしてモンティエル未亡人に視線を戻しながら言い添えた。「あなたはバラのようです」

彼女のほうでも、爽やかな笑みで応じているようだった。「ご存じかしら？」未亡人は問いを向けた。カルミカエル氏がためらっている様子なので、彼女はそのまま続けた。

「ヒラルド先生は、私がいかれた女だと思い込んでいるわ」

「まさか！」

未亡人は首を縦に振って続けた。「すでにあなたと話をつけて、私を精神科病院に送る手筈《てはず》を整えていても不思議だとは思わないわ」カルミカエル氏は当惑を隠せぬまま応じた。

「今日は朝から一歩も家を出てはいません」

ベッド脇に置かれた柔らかい革の肘掛椅子に彼は身を投げた。同じ椅子でホセ・モンティエルが脳卒中の発作を起こし、十五分後に亡くなったことを未亡人は思い出した。「それなら」悪い思い出を振り払いながら彼女は言った。「今日の午後にでも訪ねていくおつもりかしら」そしてすぐに明るい笑みを浮かべて言った。

「サバスさんとはお話しなさった？」

カルミカエル氏は頷いた。

事実、金曜、土曜と続けてドン・サバスの心の深淵に探りを入れ、ホセ・モンティエルの遺産を売りに出すと言ったらどんな反応をするだろうかと様子を窺っていた。カルミカエル氏の得た感触では、ドン・サバスは買ってくれそうだった。未亡人は苛立ちを微塵も見せることなく話を聞いた。次の水曜日が無理なら、その次でかまわない、彼女は落ち着いて言い切った。いずれにせよ、十月が終わる前に町を出て行くつもりだった。

町長は反射的に左手を動かして銃を抜いた。全身の筋肉が発砲へと向かっていたが、そこで完全に目が覚め、アルカディオ判事の姿が目に入った。

「クソ！」

アルカディオ判事は石のように固まっていた。

「二度とこんな真似はやめてくれよ」町長は銃をしまい、再び帆布の椅子に身を投げた。「寝ている時のほうが地獄耳になるんだ」

「ドアが開いたままでしたよ」アルカディオ判事は言った。

町長は明け方にドアを閉め忘れていた。疲労のあまり、椅子に腰を下ろした瞬間に眠ってしまったのだ。

「何時だ？」

「もうすぐ十二時です」アルカディオ判事は言った。その声にまだ震えが残っていた。

「眠くて死にそうだ」町長は言った。

長い欠伸に体を捩りながら、時間が止まったような印象に囚われた。不眠不休で務めを果たしているにもかかわらず、ビラは現れ続けていた。その日の夜明け前には、寝室のドアに一枚貼られていた。「ハゲタカに弾薬を使うのはおやめなさい、警部補」町では、夜警のメンバーが監視の退屈凌《しの》ぎに自分たちでビラを貼っているのだともっぱらの噂だった。町民は笑い転げていることだろう、町長は思った。

「眠気を払ってください」アルカディオ判事は言った。「食事でもしましょう」

だが、食欲がなかった。もう一時間眠って、出掛ける前にシャワーでも浴びたかった。それに引き換えアルカディオ判事は身も心もさっぱりしており、家に昼食に戻ろうとしていたところだった。寝室の前を通る際にドアが開いていることに気づき、外出禁止時間にも通りへ出られるよう、町長から許可証を貰おうと立ち寄ったのだ。

町長は「だめだ」ときっぱり言い切り、父のような調子で相手を諭した。

「家で大人しくしているほうがいいぞ」

アルカディオ判事は煙草に火を点けた。恨みを鎮めようと、マッチの焰《ほのお》を見つめながらじっと待ったが、何も言うことが思いつかなかった。

「悪く思わないでくれ」町長は言った。「できれば君と代わりたいぐらいだよ。夜八時に寝て、起きたい時間に起きる、それが理想だ」

「そうでしょうね」判事は言って、露骨な皮肉を込めて言い添えた。「まさか、三十五歳にして子供扱いされるとは」

彼はすでに背中を向け、今にも雨の降り出しそうな空模様をバルコニーから見つめているらしかった。町長はむっつり黙り込んだ後、断固たる調子で言い放った。

「判事」アルカディオ判事が振り向き、二人の目が合った。「外出許可証は出さない。わかったな?」

判事は煙草を嚙み、何か言いかけたが、思い止《とど》まった。階段をゆっくり下りていく音が町長の耳に届いてきた。突如彼は身を屈めて叫んだ。

「判事!」

返事はなかった。

「俺たちは友だちだよな」町長の大声が響いた。

やはり返事はなかった。

そのまましばらく身を屈めてアルカディオ判事の反応を待ったが、結局ドアを閉めて、また独りで思い出に耽った。眠ろうとはしなかった。すでに真昼間で目は冴え、この職に就いてもう何年にもなるというのにまだまったく彼を寄せつけないこの町の底なし沼に嵌まった自分を感じていた。どんな代償を払ってでも町を押さえつけろと指示を受け、縄で縛った段ボール製の古トランクを手に、こっそり港に降り立ったあの夜明け前、彼は生まれて初めて恐怖を味わった。唯一の頼みは、政府の味方だという怪しい男に宛てられた手紙であり、翌日会いに行ってみると、男は脱穀場に下着姿で座っていた。彼の指示を仰ぎ、金で雇われた冷酷無比な殺人鬼三人の付き添いとともに、任務は遂行された。

その日の午後にはまだ、時の経過とともに周囲に張り巡らされた目に見えない蜘蛛の糸の存在を意識していなかったが、それでも、一瞬の閃きだけで、いったい誰が誰を押さえつけているのだろうという問いに苛まれずにはいられなかった。

霧雨に打たれたバルコニーの前で目を開けたまま夢を見ているうちに、四時を回っていた。シャワーを浴び、野戦用の制服を着て、朝食をとりにホテルへ下りていった。その後、いつもどおり署を見回っていたが、気がついてみると、両手をポケットに突っ込んだまま、何をするあてもなく街角に立っていた。

夕暮れ時、ビリヤード場に入ってくる町長を店長が見かけた時も、相変わらず彼はポケットに手を突っ込んでいた。人気のない店の奥から声を掛けてみたが、町長から返事はなかった。

「炭酸水」町長は言った。

アイスボックスが動いた瞬間に瓶が大きな音を立てた。

「いつか」店長は言った。「手術でも受けることがあれば、肝臓が泡だらけでしょうね」

町長はコップを見つめ、一口飲んでげっぷを漏らした後、今度は両肘をカウンターに突いて、再びコップをじっと見つめたまままたげっぷをした。広場に人気はなかった。

「さて」町長は言った。「これはどういうことだ?」

「日曜日ですからね」店長は言った。

「ああ！」

町長はカウンターに金を置いて黙ったまま店を出た。広場の角に差し掛かったところで、大きな尻尾でも引きずるようにして歩いていた男が何か話しかけてきた。その時は理解できなかったが、すぐに思い立ち、何かが起こっていることをおぼろげに理解して署に向かった。入り口に整列していた警官隊には目もくれず、飛ぶように階段を上がっていくと、警官が一人迎えに出てきた。渡された紙を一瞥しただけで、彼は事態を理解した。

「闘鶏場で配られていました」警官は言った。

町長は廊下を駆け出した。最初の独房のドアを開け、手をノッカーに掛けたまま薄闇に目を凝らすと、二十歳くらいの青年の姿が浮かび上がってきた。尖った顔に天然痘の痕が目立つ血色の悪い男で、野球帽を被って、ガラスの浮き出た眼鏡をかけていた。

「名前は？」

「ペペ」

「苗字は？」

「ペペ・アマドール」

町長は一瞬じっと彼を見つめ、記憶の糸を手繰《たぐ》った。囚人のベッド代わりになるコンクリート台に座った青年は、落ち着いた様子で眼鏡を外してシャツの裾でレンズを拭き、瞼に皺を寄せて町長を見つめた。

「どこかで会ったことがあるな?」町長は問いかけた。

「その辺で」ペペ・アマドールは言った。

町長は独房のなかへ一歩踏み出し、しばらく考え込んだまま青年を見つめていたが、やがてドアの位置に戻った。

「さて、ペペ君」彼は言った。「しくじったようだな」

閂をかけて鍵をポケットに入れ、部屋で何度も何度も秘密回覧を読み返した。人気のない通りに明かりが灯り始めるなか、彼は開けっ放しのバルコニーに向かって腰を下ろし、何度か両手で蚊を潰した。平和な午後がしのばれた。かつてはこんな夕暮れ時になると、権力を十分に味わうことができた。

「戻ってきたわけか」彼は声に出して言った。

戻ってきた。以前と同じく、ガリ版で両面に印刷されており、違法文書に刻みつけられた紛れもない嘆きの痕跡を見れば、いつどこで目にしてもそれとわかったことだろう。

薄闇で紙を何度も折っては開くことを繰り返し、かなりの時間が経ったところで、ようやく腹が決まった。紙をポケットにしまい、独房の鍵束を探った。

「ロビラ」町長は声を上げた。

腹心の警官が暗闇から姿を現し、町長は彼に鍵束を渡しながら言った。

「あの青年はお前に任せる。違法扇動文書を町に持ってくる奴らの名前を言うよう説得してみろ。大人しく従わないようなら」言葉に力がこもった。「どんな手を使ってもかまわん」

警官は、これから夜回りの担当になっていることを告げた。

「それは忘れていい」町長は言った。「新たな指示を出すまで他のことにはかまうな。それから」咄嗟に思いついたような調子で付け加えた。「中庭にいる男たちに解散を命じろ。今日の夜回りは中止する」

防弾装備の事務室に入ると、非番のまま署にとどまらせている三人の警官を呼んだ。クローゼットに鍵をかけてしまってある制服を着用させることにして、三人が着替えている間に、前日まで夜回りの男たちに配っていた空砲を机に集めて金庫から実弾を取り出した。

「今日の夜回りはお前たちが担当しろ」最も状態のいい銃を選りすぐって三人に渡しながら町長は言った。「何もする必要はない。ただ、お前たちが通りにいることだけ町民に思い知らせてやれ」全員が武装を終えたところで弾薬を渡し、三人の前に立って告げた。

「一つよく肝に銘じておけ。何かしでかしたら即刻中庭で銃殺刑にする」ここで反応を待ったが、何の動きもなかった。「いいな?」

三人の男たちは――二人はありふれたインディオ顔、もう一人は金髪に透明な青い目をして、巨人症のきらいがあった――最後の言葉を聞きながら、弾薬帯に薬莢を詰めていった。そして踵を揃えて整列した。

「わかりました、警部補」

「それからもう一つ」くだけた調子になって町長は言った。「アシス兄弟が町に戻っていて、今晩あたり、奴らの誰かが酔っ払って突っかかってくることがあるかもしれんが、何があっても関わり合いになるな」この時も、予想していたような反応はなかった。「わかったな?」

「わかりました、警部補」

「いいだろう」町長は締めくくった。「それじゃ、五感を研ぎ澄ませて任務に就け」

外出禁止令のため一時間早めていた祈禱《ロザリオ》を終えて教会を閉めようとしたところで、アンヘル神父は腐臭に気づいた。一瞬鼻を突いただけで、その時は気にならなかったが、その後、夕食用に青バナナの輪切りを炒め、ミルクを温めているうちに、臭いの原因がわかった。トリニダッドが土曜日から病気で、ネズミの死骸が放りっぱなしになっていたのだ。そこで神父は教会へ戻って罠の中身を空にし、その後、二ブロック離れたミナの家へ訪ねていった。

トト・ビスバルが自らドアを開けに出てきた。薄闇に包まれた部屋のあちこちに革製のスツールが散らかり、壁に掛かったリトグラフの下で、ミナの母と盲目の祖母が熱いハーブティーを飲んでいた。ミナは造花作りに励んでいた。

「ここへいらっしゃるのは」祖母は言った。「十五年ぶりですね、神父様」

そのとおりだった。毎日午後、窓脇で紙の花を作るミナを見つめながら家の前を通っていたのに、中へ入ることはまったくなかった。

「時は音もなく過ぎていく」神父は言って、急いでいることを見せつけながら、トト・ビスバルに向かって言った。「明日は朝からミナを寄越して、罠の世話をさせてほしい。トリニダッドが」今度はミナに向かって言った。「土曜日から体調を崩していて」

トト・ビスバルに異存はなかった。

「時間の無駄ね」盲人の祖母が口を挟んだ。「結局のところ、今年で世界は終わるのだから」

ミナの母が彼女の膝に手を置いて黙らせようとしたが、祖母はその手を払った。

「神は迷信を罰する」神父は言った。

「すべて書かれているわ」祖母が続けた。「通りで血が流れ、人間にはそれを止めることができない」

神父は憐れむような目を投げかけた。老いさらばえて非常に顔色が悪く、死んだ目が物事の秘密を見透かしているようだった。

「血のシャワーを浴びるのよね」ミナが愚弄の調子を込めた。

そこでアンヘル神父は彼女のほうへ向き直った。色とりどりの紙とリボンの不確かな雲から浮き上がってきたような彼女の漆黒の髪、そして祖母と同じ青白い肌が目に留まった。学校で夕べの集いに使われる寓意画にでも出てきそうな姿だった。

「そしてお前は」神父は言った。「日曜も仕事か」

「言ったとおりよ」祖母がまた口を挟んだ。「燃え盛る灰が頭に降ってくるのよ」

「貧乏暇なしです」ミナが笑みを見せた。

神父が立ったままなので、トト・ビスバルが椅子を引き寄せ、座るようすすめた。華奢《きゃしゃ》な男で、臆病な仕草がひと際目立った。

「ありがとう」アンヘル神父は断った。「通りにいる時に外出禁止の鐘が鳴ったら面倒なことになる」そして町の深い沈黙に耳を傾けながら言い添えた。「もう八時を過ぎているような感じだな」

その時彼は事態を飲み込んだ。約二年も独房は空だったのに、今やペペ・アマドールが幽閉され、町が殺人鬼三人の手に落ちたのだ。六時には町から人影が消えていた。

「不思議だ」アンヘル神父は自分に向かって話しているようだった。「馬鹿げている」

「起こるべくして起こったことです」トト・ビスバルが言った。「蜘蛛の巣で取り繕われただけの国ですから」

彼はドア口まで神父についてきた。

「秘密回覧をご覧になっていないのですか？」

アンヘル神父は当惑して立ち止まった。

「またか？」

「八月には」祖母が声を上げた。「暗黒の三日間が始まるわ」

ミナが腕を伸ばし、作りかけの花を押しつけながら言った。「黙ってこれを仕上げてちょうだい」盲人の祖母は花を手で探った。

「戻ってきたのか」神父は言った。

「一週間ほど前です」トト・ビスバルが言った。「いったい誰が持ってきたのか、ここにも一枚届きました。おわかりでしょう」

神父は頷いた。

「すべて以前のままだそうです」トト・ビスバルが続けた。「政権が交代して、平和と安全が保障されて、最初はみんな信じましたが、役人の顔ぶれは変わっていません」

「そのとおり」ミナの母が口を挟んだ。「またこの町に外出禁止令が出され、同じ三人の殺人鬼が町をほっつき歩いています」

「唯一目新しいのは」トト・ビスバルが言った。「また内陸部で反政府ゲリラが組織されたという噂があることです」

「すべて書かれているわ」祖母が言った。

「馬鹿げている」思いつめたように神父は言った。「態度が変わったことだけは認めねばならない。少なくとも」彼は言葉を選んだ。「今晩までは違った」

数時間後、暑い蚊帳のなかで目を覚ましたまま神父は、この教区へ来てから本当に十九年の歳月が経つのだろうかと自問自答した。かつてなら必ず一斉射撃の前触れとなったブーツと銃の音が建物のすぐ前から聞こえてきたが、この時はブーツの音が遠ざかっていった。一時間後にまた音が聞こえ、また遠ざかったが、銃声は聞こえなかった。少し経ったところで、眠れぬ夜と暑さに疲弊し切ったまま、少し前から鶏が鳴いていたことに初めて気がついた。

マテオ・アシスは鶏たちの位置から時間を割り出そうとあがき続けた末、ようやく現実の表面に浮かび上がった。

「何時だ？」

ノラ・デ・ヤコブは薄闇で腕を伸ばし、ナイトテーブルに載っていた蛍光文字の時計を摑んだ。返事を口にする前に完全に目が覚めた。

「四時半」彼女は言った。

「クソ！」

マテオ・アシスはベッドから飛び起きたが、まず頭痛、続いて口に溜まった鉱物のような感触に意志を挫《くじ》かれた。暗闇で足を動かして靴を探しながら彼は言った。

「朝まで寝ているところだった」

「そのほうがいいわ」彼女はそう言いながら電気スタンドを点け、ごつごつした彼の背骨と青白い尻を見つめた。「明日までここにいるしかなくなるものね」

何も身に着けてはおらず、かろうじて性器だけがシーツの端に隠れていた。明かりの下では、声までもが淫《みだ》らな生温さを失っていた。

マテオ・アシスは靴を履いた。長身で頑丈な体を前にすると、二年前から時々彼を迎え入れていたノラ・デ・ヤコブは、女の語り草になるのがふさわしいこんな男と密かにしか会うことのできない自分の運命に対し、挫折感にも似た思いを禁じえなかった。

「気をつけないと太るわよ」彼女は言った。

「いい生活をしているからな」気まずさを押し隠しながら彼は言って、笑顔で付け加えた。「妊娠したのかな」

「だといいけど」彼女は言った。「男が子供を産めるのなら、これほどつれなくはないでしょう」

マテオ・アシスは下着姿で床から避妊具を拾い上げ、トイレに入って便器に捨てた。そのまま、深く息をしないよう注意しながら手を洗った。夜明けには、どんな臭いも彼女の臭いになる。部屋に戻ると、彼女はベッドに座っていた。

「今に」ノラ・デ・ヤコブは言った。「こんなかくれんぼにうんざりして、みんなに話してやるわ」

完全に服を着終えるまでマテオ・アシスは女から目を背けていた。彼女は自分の大きな胸を意識しており、首まで体をシーツで覆ったまま話し続けていた。

「いったいいつになったら、ベッドで一緒に朝食をとって、午後まで一緒に過ごせるのかしら。自分で自分のビラを書いてもいいかもね」

彼はあけすけに笑った。

「ベンハミン爺さんが死にそうらしいね」彼は言った。「どうなんだい？」

「笑えるわ」彼女は言った。「ネストル・ヤコブが死ぬのを待っていたのに」

ドアのところから手で別れの合図をしてくる男に向かって、彼女は「クリスマスイブには来てね」と声をかけた。マテオ・アシスはそう約束し、爪先立ちで中庭を抜けて門から通りへ出た。凍ったような朝露が皮膚を濡らしそうだった。広場に着いたところで叫び声に呼び止められた。

「止まれ！」

懐中電灯が目の前で点り、彼は顔を背けた。

「ああ、なんだ、ちくしょうめ！」光の後ろに姿を消した町長が言った。「誰かと思えば。逃げるか、一緒に来るか、どっちだ？」

懐中電灯が消え、マテオ・アシスの目の前に現れた町長は、三人の警官を引き連れていた。洗いたての顔は爽やかで、機関銃を肩から下げていた。

「行きます」マテオ・アシスは言った。

町長は一歩近寄って街灯の光で時計を確かめた。五時十分前だった。警官たちに合図して夜回りの終了を告げた後、しばらくじっとしているうちにラッパが鳴り響き、夜明けに悲しい響きを残して消えた。そのまま警官三人を帰し、マテオ・アシスと一緒に広場を横切った。

「首尾上々」町長は言った。「紙切れ問題はこれで終わりだ」

声には満足より疲労がこもっていた。

「犯人が捕まったのですか？」

「まだだ」町長は言った。「だが、もう問題はない。今ちょうど最後の夜回りを終えて、久々に紙切れなしで夜明けを迎えることができた。その気になればこんなものさ」

自宅の門まで来ると、マテオ・アシスは先に中へ入って犬たちを繋いだ。家政婦たちが台所でくつろいでいた。町長が入っていくと、鎖に繋がれた犬たちが大騒ぎを始め、続いてそれが、穏和な動物の足音と呼吸音に変わった。二人が台所の張り出しに座ってコーヒーを飲んでいるところにアシス未亡人が現れた。すでに明るくなっていた。

「随分早起きね」未亡人は言った。「三文余計に稼ごうというわけね」

上機嫌ではあったが、顔には眠れぬ夜の苦悩がありありと見えていた。町長は挨拶に応え、床から機関銃を拾い上げて肩に掛けた。

「コーヒーならいくらでも差し上げますが、警部補」未亡人は言った。「家に銃を持ち込むのはやめてください」

「それどころか」マテオ・アシスは笑顔を見せた。「ミサに行く時に借りたほうがいいんじゃないの?」

「そんなものなくても自分の身は守れるわ」未亡人は答えた。「私たちは神様の摂理に支えられているのよ。アシス家は」真顔で彼女は言い添えた。「周囲にまったく司祭がいない頃からずっと神様にお仕えしてきたのだから」

町長は引き上げることにして言った。「寝ることにします。こんなのはキリスト教徒の生活ではありません」屋内に入り込み始めていた雌鶏、家鴨《あひる》、七面鳥を掻き分けて彼は進んだ。未亡人は動物を追い払った。マテオ・アシスは寝室へ行ってシャワーを浴び、服を着替えた後にまた出てきてラバに鞍を着けた。兄弟たちは夜明けとともにすでに去っていた。

彼が中庭に顔を出すと、アシス未亡人は鳥籠の世話をしていた。

「覚えておきなさい」彼女は息子に向かって言った。「身を守るのは当然として、ちゃんと距離を保ちなさい」

「コーヒーを飲みに寄っただけだよ」マテオ・アシスは言った。「いろいろ話したけど、何もなかった」

彼は廊下の端で母を見つめていたが、彼女は無言だった。しばらくして、鳥に向かって喋るような調子で言った。「それだけよ。殺人鬼を家に連れてくるのはやめてちょうだい」鳥籠の世話を終えたところで、今度は直接息子のほうへ向き直って言った。

「それで、あんたはどこにいたの？」

その日の朝、アルカディオ判事は、日常生活を織りなす些細な出来事にまで不吉な兆候を嗅ぎつけた。「頭痛がする」不安を女に説明しようとして彼は言った。朝から陽が出ていた。数週間ぶりに川から威圧的相貌が消え、生皮の臭いもしなくなった。アルカディオ判事は理髪店へ行った。

「正義は」理髪師が彼を迎え入れた。「脚を引きずってでもやってくる、というわけですか」

床はワックスで磨かれており、鏡は刷毛で鉛白を塗られていた。アルカディオ判事が椅子に座る間に、理髪師は布切れで鏡を磨き始めた。

「月曜日はいらない」判事は言った。

理髪師が髪を切り始めていた。

「それは日曜日のせいでしょう」彼は言った。「日曜日がなければ」彼は続けた。「月曜日もありません」

アルカディオ判事は目をつぶった。十時間も眠って、めくるめく愛を交わして、長々とシャワーを浴びた後では、さすがに日曜日を責める気にはならない。それでも、濃密な月曜日だった。塔の時計が九時を知らせ、消え去った鐘の音に代わるようにして隣家からミシンの音が聞こえてくると、通りの沈黙に不吉な兆候を感じ取って、アルカディオ判事は身震いした。

「ここは亡霊の町だ」彼は言った。

「あなたたちが望んだことです」理髪師は言った。「以前は、月曜午前といえば、この時間にはすでに五人の髪を切り終えていました。それが今では、神様におすがりするばかりです」

アルカディオ判事は目を開け、鏡に映る川をしばらく見つめた後、「あなたたち」と反復して問いを向けた。「誰がそのあなたたちなんだ?」

「あなたたちです」理髪師はためらった。「あなたたちが来る前、ここは他と変わらぬクソの町でしたが、今やここはどこよりもひどい町です」

「そんなことを私に向かって言うのは」判事は答えた。「私が無関係だとわかっているからだろう。警部補の前で」攻撃的になることなく彼は続けた。「同じことを言う勇気があるか?」

理髪師は首を横に振った後で言った。

「あなたにはわからないでしょうね、絶対に殺されると確信して毎朝目を覚まし、殺されないまま十年間が過ぎる、それがどんなものか」

「わからない」アルカディオ判事は認めた。「わかりたくもない」

「わからないですむよう」理髪師は言った。「努力を惜しまぬことですね」

判事はうなだれた。そして長い沈黙の後に問いを向けた。「なあ、わかるか、グアルディオラ」返事を待つこともなく彼は続けた。「警部補はこの町に骨を埋めつつある。それも日増しに。後戻りのできない快楽を覚えてしまったからな。少しずつ、音も立てぬまま、金に染まっているんだ」理髪師が黙って聞いているので、彼はそのまま続けた。

「賭けてもいいが、警部補のせいで今後人が死ぬことはない」

「本当ですか?」

「百対一の賭けでもいい」アルカディオ判事は語気を強めた。「現在のところ、警部補にとっては平和こそ最もいい商売なんだ」

理髪師は髪を切り終え、椅子を後ろに倒して、黙ったままシーツを取り換えた。ようやく開いた口から出てきた声には、困惑が漂っていた。

「あなたがそんなことをおっしゃるとは妙な話ですね。しかも、私に向かっておっしゃるとは」

こんな姿勢になっていなければアルカディオ判事は肩をすくめるところだった。

「初めて口にすることじゃない」彼は言った。

「警部補はあなたの友人でしょう」理髪師は言った。

音量の落ちた声は、秘密でも伝えるように緊張していた。仕事に集中した彼の表情は、普段ペンを持つことなどない者が署名する時とまったく同じだった。

「一つ教えてくれ、グアルディオラ」アルカディオ判事は重々しい調子で問いを向けた。「私のことをどう思っているんだ?」

すでに髭を剃り始めていた理髪師は、少し考えてから返答した。

「今までずっと、あなたはいずれここを去るとわかっている人、ここを去りたいと思っている人、そう考えていました」

「これからもずっとそう思っていてくれ」判事は笑みを見せた。

首を切られる時でもそうしただろうと思えるほど陰鬱な受け身の姿勢で、彼はじっと髭剃りが終わるのを待った。理髪師が顎にミョウバンをこすりつけ、粉を振りかけ、柔らかい毛のブラシではたく間、判事はずっと目をつぶっていた。首からシーツを外す瞬間に、理髪師は彼のポケットに紙をしのばせて言った。

「一つだけ間違っておられます、判事。この国は一筋縄ではいきません」

アルカディオ判事は、店内に他に誰もいないことを確かめた。暑い太陽、九時半の沈黙に響くミシンの音、避けられない月曜日、そこにまだ何か意味がありそうだった。まるで町で二人きりになったようだった。そしてポケットから紙を取り出して読んだ。理髪師は背中を向けて洗面台を整理した。「二年演説が続いても」彼は文面を暗唱した。「相変わらず同じ包囲網、同じ報道規制、同じ役人」アルカディオ判事が読み終えたことを鏡越しに確認して、理髪師は言葉を向けた。

「回覧をお願いします」

判事は紙をポケットにしまって言った。

「たいした勇気だな」

「人を見誤ることがあるようなら」理髪師は言った。「とっくに銃弾を撃ち込まれていますよ」そして真面目な調子で付け加えた。「一つご承知おきください、判事。これは誰にも止められません」

　理髪店を出たアルカディオ判事は、口の乾きを覚えた。ビリヤード場でダブルを二杯注文し、続けざまに二杯とも飲み干すと、終わりまでまだ随分時間があることに気づいた。大学時代には、聖土曜日の不安を抑えるために薬物に頼ろうとしたこともあった。完全に素面《しらふ》の状態でバーのトイレに入り、煙草に粉を詰めて火を点けた。

　四杯目の注文に、ドン・ロケは量を抑えた。「この調子で飲み続ければ」彼は言った。「闘牛士のように担ぎ出されることになりますよ」判事も唇に笑みを浮かべて応えたが、目の光は消えたままだった。三十分後、トイレに入って小便し、出る前に便器に秘密回覧を捨てた。

　カウンターへ戻ると、コップの横に瓶があり、赤い線で残りの量が示してあった。「すべてどうぞ」ドン・ロケはゆっくりと体を扇ぎながら言った。ビリヤード場にいるのは二人だけだった。アルカディオ判事はコップ半分まで注いで、ゆっくり飲み始めた。「知っていますか?」彼は問いを向け、ドン・ロケが理解した様子を見せないので、続けて言った。

「一筋縄ではいきませんよ」

控え目にしている昼食の量を秤《はかり》で計算していたドン・サバスは、またカルミカエル氏が訪ねてきたことを告げられた。「昼寝をしていると言ってくれ」彼は妻に耳打ちした。事実、十分後に彼は眠っていた。目を覚ますと、空気が乾燥して、家全体が暑さで硬直していた。十二時を回っていた。

「どんな夢を見たの？」妻が訊ねた。

「何も」

夫が自分で起きるまで声を掛けずに待っていたのだった。直後に皮下注射器を煮沸し、ドン・サバスはこれを受け取って太腿にインシュリンを打った。

「もう三年も夢を見ないのね」今さら落胆でもしたように妻は言った。

「ケッ」彼は声を荒げた。「今さら何だと言うんだ。無理やり夢を見られるわけがないだろう」

何年か前、ドン・サバスが正午の短い昼寝で、花ではなく剃刀の刃をつけたブナの夢を見たことがあり、この謎を解いた妻は宝くじを当てた。

「今日は無理でも明日なら」彼女は言った。

「今日も明日もない」ドン・サバスは苛立ちを見せて言った。「お前の戯言のために夢を見る気なんかない」

　彼は再びベッドで横になり、妻は部屋の整理を始めた。刃物や先端の尖った道具はすべて部屋から閉め出されていた。三十分後、ドン・サバスは身震いしないよう努めながらいくつもの時代に跨《また》がって体を起こし、着替えを始めた。

「ああ」そして問いを向けた。「カルミカエルは何と言っていた？」

「後でまた来るそうよ」

　その後、テーブルに着くまで二人は何も喋らなかった。ドン・サバスが質素な病人食をつつく一方で、夫人は、華奢な体と物憂げな表情に似つかわしくないほどふんだんな食事をとり始めた。だいぶ考えてから彼女は口を開いた。

「カルミカエルの用件は？」

　ドン・サバスは頭を上げようとさえしなかった。

「自明だろう。金だよ」

「そうだと思ったわ」妻は溜め息を漏らし、慈悲深い調子で続けた。「哀れなカルミカエル、何年間も大金を扱っているのに、人の情けにすがって生きるなんて」話しているうちに食欲が失せてきた。

「ねえ、サバス」彼女はすがるような調子になった。「神に代わってお願い」そして皿の上でナイフとフォークを交差させながら、興味あり気な目で問いかけた。「いくら欲しがっているの？」

「二百ペソ[36]」ドン・サバスが冷淡に答えた。

「二百ペソ！」

「そうだ！」

日曜日は忙しいドン・サバスだったが、月曜日の午後はいつも平穏だった。何時間も事務室の電気扇風機の前でうとうとしている間に、牧場の家畜が太って増え続け、その数はどんどん膨らんでいた。だが、その日の午後は一瞬たりとも落ち着いていられなかった。

「暑さのせいよ」妻が言った。

ドン・サバスは色褪せた瞳に苛立ちの火花を浮かべた。狭い事務室には、古い木の

36　八一頁の注18を参照。

事務机と四脚の革椅子、隅に積まれた馬具があり、ブラインドが閉められていて、中の空気には分厚い生温さが感じられた。

「そうかもしれない」彼は言った。「十月にこれほど暑くなるのは初めてだ」

「十五年前、こんな暑さが続いていた時に地震があったわね」妻は言った。「覚えている？」

「いや、覚えていない」ドン・サバスはぼんやりと言った。「わかっているだろう、私は何も覚えていない。それに」不機嫌に彼は言い添えた。「今日は不幸のことなんか話したくない」

目を閉じて腹の上で腕を組み、眠るふりをした。「カルミカエルが来たら」彼は呟いた。「いないと言ってくれ」懇願の表情で妻の顔が崩れた。

「意地悪ね」彼女は言った。

彼はそのまま口を閉ざした。事務室を立ち去ることにした妻は、音もなく金網のドアを閉めて出て行った。

本当に眠った後、黄昏時《たそがれ》にドン・サバスが目を開けると、夢の続きのようにそこに町長がいて、座ったまま彼が起きるのを待っていた。

「あなたのような方が」町長は笑みを見せた。「ドアを開けっ放しにして寝るべきではありませんね」

ドン・サバスは当惑を見せることもなく、そのまま言葉を返した。「あなたには、我が家のドアはいつも開いています」腕を伸ばして鐘を鳴らそうとしたところで、町長が身振りで彼を制した。

「コーヒーは？」ドン・サバスが問いかけた。

「今は結構です」悲哀のこもった目で町長は部屋を見渡した。「あなたが眠る間、この部屋の居心地は最高でした。別の町にいるような気分です」

ドン・サバスは指の背で瞼をこすった。

「何時ですか？」

町長は時計を見て言った。「五時になります」そして椅子の上で姿勢を変えながら、そっと目論見へと入っていった。

「それでは、お話ししましょうか？」

「おそらく」ドン・サバスは言った。「他に選択肢はないのでしょう」

「回りくどい話はやめましょう」町長は言った。「結局のところ、周知の事実ですからね」そして、同じ落ち着いた滑らかな調子で、わざとらしい仕草や言葉遣いを見せることもなく切り出した。

「率直にお答えください、ドン・サバス。モンティエル未亡人に売却を持ちかけられた後、彼女の所有する牛から、どのくらいの数を捕まえて烙印を偽装しましたか？」

ドン・サバスは肩をすくめた。

「見当もつきません」

「そういう行為の」町長は言葉に力を込めた。「名前はご記憶でしょう」

「家畜泥棒」ドン・サバスが言った。

「そのとおり」町長が頷いた。「例えば」そして口調を変えることなく続けた。「三日で二百頭捕まえたとしましょう」

「羨ましい数字ですね」ドン・サバスが言った。

「いいですね、二百頭」町長が言った。「条件はご存じでしょう。牛一頭ごとに町税が五十ペソかかります」

「四十です」

「五十です」

ドン・サバスは諦めて間をとった。スプリングの付いた椅子の背もたれに体を預け、磨かれた黒い宝石の指輪を回しながら、頭のなかでチェス盤に視線を集中した。

町長は無慈悲な目で相手を見つめながら続けた。「今度ばかりは、事態はそれだけでは済みません。今後、ホセ・モンティエルの遺した家畜は、どこで見つかろうとも、町政府の庇護下に置かれます」反応を待っても無駄だと察して町長は先を続けた。「ご存じのとおり、あの哀れな女性は心を病んでいます」

「それで、カルミカエルは？」

「カルミカエルは」町長は言った。「二時間前から拘束されています」

ドン・サバスは、献身とも呆然ともとれる表情を浮かべて相手を見つめた。そして出し抜けに、ぶよぶよの巨体で机に身を乗り出し、内側から込み上げてくる抑えきれぬ笑いに体を震わせた。

「お見事です、警部補」彼は言った。「夢のような話でしょう」

黄昏とともにヒラルド医師は、過去から大量の領土を奪ったことを確信した。広場のアーモンドの木立は再び埃っぽくなっていた。また雨季が過ぎつつあったが、その密かな足取りが記憶に深い刻印を残していた。午後の散歩から帰る途中だったアンヘル神父は、診療所のドアに鍵を差し込もうとする医師の姿を見かけて、笑顔で声を掛けた。

「ほらね、先生、ドアを開けるにも神のお導きが必要でしょう」

「それより必要なのは懐中電灯ですね」医師も顔に笑みを浮かべた。

鍵が開いたところで医師は完全にアンヘル神父のほうへ向き直り、夕闇で濃い紫色になった彼の姿を見つめた。「ちょっと待ってください、神父様」彼は言った。「肝臓の調子がよくないようですね」そして彼の腕を引き寄せた。

「そうかな？」

医師は張り出しの明かりを点け、職業人から一人の人間に戻ったような目で司祭の顔を吟味した。そして金網のドアを開け、診察室の明かりを点けた。

「五分ぐらい自分の体をいたわってもいいでしょう、神父様」彼は言った。「血圧を計ってみましょう」

アンヘル神父は急いでいたが、医師が食い下がるのでやむなく診察室に入り、血圧計に腕を預けながら言った。

「私の時代には、こんなものはなかった」

ヒラルド医師は彼の前に椅子を置き、腰を下ろして血圧計をセットした。

「今だってあなたの時代ですよ」医師は笑みを浮かべた。「逃げてもだめです」

医師が弧を調べている間、待合室にいる人がよく見せる呆《ほう》けたような好奇心で司祭は部屋を眺め渡した。壁には、黄色くなった医師免許や、頬を青色に浸食された唐紅色の少女のリトグラフ、裸の女性をめぐって死神と格闘する医師の絵が掛かっていた。奥には、白塗りの鉄製担架の後ろに棚があり、ラベルの貼られた小瓶が並んでいた。窓脇には、道具を入れたガラスケースが一つ、本だらけのガラスケースが二つあった。飲料用でないアルコール以外の臭いを嗅ぎ分けることはできなかった。

血圧の測定を終えてもヒラルド医師は無表情のままだった。

「この部屋には聖人が必要だな」アンヘル神父は呟いた。

医師は壁を見渡して言った。「ここだけではありませんね。町全体に必要です」そして血圧計を革のケースにしまい、勢いよくファスナーを閉めた後に言った。

「お伝えします、神父様、血圧に問題はありません」

「そうだと思っていた」神父は言って、物憂げな当惑を込めて続けた。「十月にこんなに体調がいいのは初めてだ」

　彼はゆっくりと袖を戻し始めた。縁を取り繕われた僧衣、穴の開いた靴、荒れた手、焦げた角のような爪。その瞬間の彼は、極貧に生きる男という本性を曝け出していた。

「しかし」医師は反論した。「気がかりなことがあります。神父様の生活様式は、このような十月にふさわしいものではありません」

「我らが神の要求は厳しい」神父は言った。

　医師は彼に背を向けて窓越しに暗い川を見つめながら言った。「どうでしょうね。外観の下で事態は何も変わっていないことをはっきり意識していながら、これほど長い間人々の本能を防具のなかに押し込めておこうと躍起になるというのは、神の問題だとはとても思えません」

　そして長い間を置いた後に問いを向けた。

「神父様の過酷な仕事がここ数日崩れ落ち始めているような気がしませんか？」

「この人生を通じてずっと毎晩そんな思いに囚われている」アンヘル神父は言った。

「だからこそ、翌日にはもっと努力しなければならないと思う」

　神父は立ち上がっていた。「もうすぐ六時だな」彼は言って、診察室から立ち去ろうとした。医師は窓際に立ったまま神父の通り道に腕を伸ばして言った。

「神父様、近いうちに、夜、胸に手を当てて、自分のしていることが道徳に絆創膏を貼ることではないのか、考えてみてください」

アンヘル神父は内側から込み上げてくる恐ろしい呼吸困難を取り繕うことができなかった。「死ぬ間際になって」彼は言った。「その言葉の重みを思い知ることになるぞ」そして辞去の言葉を告げ、そっとドアを押して出て行った。

祈りに集中することができなかった。教会を閉める時にミナが近寄って、この二日でネズミが一匹しかかかっていないことを告げた。神父は、トリニダッドがいない間にネズミの数が増えて教会の土台が揺らぎ始めたような気分に囚われていたが、実はミナもちゃんと罠を仕掛けていた。チーズに毒を仕込み、子ネズミの痕跡を辿り、神父と協力して見つけた新たな巣穴をアスファルトで塞いでいた。

「自分の仕事を信じなさい」彼は言っていた。「そうすればネズミのほうから大人しく罠にかかってくる」

寝る前に、擦り切れたマットの上を何度も行き来した。眠れぬ憔悴のうちに、医師の言葉によって胸に刻みつけられた暗い敗北感がはっきりと意識に上ってきた。不安感、教会に押し寄せるネズミの大群、外出禁止令による恐ろしい閉塞感、すべてが結託して暗い力を生み出し、最も恐れていた記憶の乱気流へと彼を引きずっていった。

町に着いたばかりの頃、真夜中に起こされて、ノラ・デ・ヤコブに最後の救いを施すよう要請されたことがあった。死を迎える準備の整った寝室で、詳細でいて簡潔な落ち着いた口調で語られた告白は衝撃だった。ベッドの枕元に十字架があるだけで、空っぽの椅子が壁に寄せられていた。瀕死の女の口から明かされたのは、夫ネストル・ヤコブが生まれたばかりの娘の父ではないという事実だった。アンヘル神父は赦免と引き換えに告白を繰り返すよう求め、夫の立ち会いのもと、悔恨の祈りが執り行われた。

興行主のリズミカルな指示に従って一座が支柱を引き抜くと、重々しい厄災のうちにテントはしぼみ、木々の間を抜ける風のような愚痴っぽい空気音が鳴った。夜明けにはテントが畳まれ、男たちが猛獣を船に乗せる一方で、女たちと子供たちはトランクの上で朝食をとった。船が最初の汽笛を鳴らした時には、何もない空き地に残る竈の跡以外、この町に先史動物がいたことを示す痕跡はなくなっていた。

町長はまったく眠れなかった。サーカスの一団が乗船する様子をバルコニーからしばらく見つめた後、野戦用の制服を着たまま港の喧騒に紛れ込み、寝不足で血走った目と二日も剃っていない髭で強張った顔を衆目に晒した。興行主は船の屋根から町長の姿を認めた。

「ごきげんよう、警部補」彼は大声で言った。「この王国をよろしく」

ゆったりした皺くちゃのオーバーオールを着ているせいか、特徴的なその顔が聖職者の風格を帯びていた。手には、丸めた鞭が握られていた。

町長は川べりに近づいた。「残念だよ、将軍」彼も上機嫌に大声を出し、両腕を広げた。「なぜ出て行くのか、正直に言ってくれよ」そして群衆のほうへ向き直って、大声のまま言った。

「子供用の無料公演を嫌がったから、滞在許可を取り消したんだ」

船から最後の汽笛が放たれ、直後に鳴り響いたエンジン音が興行主の返答を掻き消した。混ぜ返された泥の臭いが水面に立ち込めた。興行主は、船隊が川の真ん中でUターンするまで待ってから船べりに肘を突き、両手をメガホン代わりにして肺の許すかぎりの大声で叫んだ。

「これでおさらばだ、クソ警官」

町長は顔色一つ変えず、両手をポケットに突っ込んだまま、エンジンの音が消えるまで待っていた。その後、笑顔で群衆を掻き分けて歩き出し、シリア人モイセスの店に入った。

もうすぐ八時だったが、シリア人はドア口に並べた商品をまとめ始めていた。

「あんたも出て行くのか」町長が声を掛けた。

「しばらくの間だけです」シリア人が言って、空を見上げた。「雨が降りそうですね」

「水曜日に雨は降らない」町長はきっぱりと言い切った。カウンターに肘を突いた彼は、港の上を漂う濃密な黒雲をしばらく見つめていた。やがてシリア人が商品の梱包を終え、妻にコーヒーを頼んだ。

「この調子じゃ」町長は自分に向かって溜め息でもつくように言った。「余所《よそ》の町から人手を借りねばならなくなる」

町長はゆっくりとコーヒーを啜った。すでに三家族が町を離れた後であり、シリア人モイセスの計算では、これで一週間のうちに五家族が町を去ることになるという。

「いずれ戻ってくるさ」町長は言って、カップの底に残ったコーヒーの謎めいた染みをじっと見つめながら、心ここにあらずとでもいうような調子で続けた。「どこへ行こうとも、この町に臍を埋めていることを思い出さずにはいられない」

予言は当たらず、間もなく降り出した豪雨によってしばらく町は水浸しになり、町長は店で雨宿りせねばならなかった。その後警察署へ向かうと、カルミカエル氏が相変わらず中庭の真ん中で腰掛けに座っており、豪雨で全身ずぶ濡れになっていた。

彼にかまうことなく当直の警官から報告を受け、そのままペペ・アマドールの独房を開けさせた。レンガ敷きの床に突っ伏した彼の姿は、眠り込んでいるようだった。蹴飛ばして仰向けにさせ、殴打でズタズタにされた顔が目に入った瞬間、密かな憐憫《れんびん》を禁じえなかった。

「いつから食事をしていない？」彼は問いを向けた。

「おとといの夜からです」

体を起こすよう命じられた三人の警官は、腋から手を入れて体を引きずり、床から五十センチの位置で壁に据えられたコンクリートの台に座らせた。体が横たわっていた場所が湿った影となって残っていた。

二人の警官が体を支える一方で、残る一人が髪を摑んで顔を上げさせた。不規則な息遣いと唇に浮かんだ底知れぬ疲労感がなければ、死体かと思ってしまったことだろう。

警官たちがその場を離れたところでペペ・アマドールは目を開け、コンクリートの縁を手で探った。そして台の上にうつ伏せになり、しわがれた呻《うめ》き声を漏らした。

町長も独房を離れ、食事を与えてしばらく寝かせるよう命じた。「その後で」彼は言った。「知っていることをすべて吐くまで手を緩めるな。長くは耐えられまい」バルコニーへ出ると、カルミカエル氏は相変わらず中庭で椅子の上に体を縮め、両手に顔を埋《うず》めていた。

「ロビラ」町長は声を掛けた。「カルミカエルの家へ行って、奥さんに服を届けさせろ。その後で」急を告げるような調子で言い添えた。「事務室へ来させろ」

町長は机に寄りかかったまま眠りかけたが、その時ドアをノックする音が響いた。そこにいたのはカルミカエル氏であり、水死体が履いていた靴のように柔らかく膨らんだ靴を除けば、すっかり乾いた白い服に身を包んでいた。彼の相手をする前に、町長は警官に命じて靴を取りに行かせようとした。

カルミカエル氏は警官に向かって腕を持ち上げ、「おかまいなく」と言った。そして目に厳かな威信を込めて町長のほうへ向き直って言った。

「靴はこれしかありません」

町長は彼に座るよう指示した。二十四時間前、カルミカエル氏は防弾装備の事務室に連行され、モンティエル家の資産状態について集中的に尋問を受けた。詳細な説明を聞いたうえで町長は、町政府の専門家が定めた値段で遺産を買い取る準備があることを明かしたが、カルミカエル氏は、相続の精算が終わらないかぎり絶対に売却には応じないと言い張った。

その日の午後、二日にわたる断食と雨ざらしを経た後でも、彼の返答はまったく変わらなかった。

「頑固な奴だな、カルミカエル」町長は言った。「相続の精算が終わるまで待っていたら、ならず者のドン・サバスがモンティエル家の家畜をすべて烙印偽装で横領してしまうぞ」

カルミカエル氏は肩をすくめた。

「いいだろう」町長は長い間を置いた後に言った。「お前が誠実な男であることはわかっている。だが、一つだけ覚えておけ。五年前、ドン・サバスは、ゲリラと接触のあった者たちの全氏名をリストにしてホセ・モンティエルに提出し、おかげで、反対派の指導者で唯一人この町に残ることができた」

「もう一人います」皮肉を込めてカルミカエル氏は言った。「歯科医です」

町長はこの発言を無視した。

「簡単に仲間を売るような男のために、昼夜雨ざらしのまま座っている価値があるとでも思うのか？」

カルミカエル氏はうなだれ、爪をじっと見つめた。町長は机の上に座った。

「それに」声の調子は和らいでいた。「子供たちのことも考えろ」

妻と年長の息子二人が昨夜町長を訪ねてやってきたことをカルミカエル氏は知らされていなかった。その場で町長は彼らに、二十四時間以内にカルミカエル氏を釈放すると約束した。

「心配は無用です」カルミカエル氏は言った。「彼らには身を守るすべがあります」

町長が事務室を端から端へと歩く様子が感じられたところで彼は顔を上げ、溜め息を漏らしながら言った。「もう一つ打つ手がありますよ、警部補」そして話を続ける前に、穏やかな優しさを視線に込めた。

「撃ち殺してください」

返答はなかった。数分後には、町長は部屋で熟睡し、カルミカエル氏は中庭の椅子に戻っていた。

署からわずか二ブロックのところで、司法局の秘書は幸せを嚙みしめていた。午前中は事務所の奥でうとうとしながら過ごした後、避け難い偶然の悪戯《いたずら》で、レベカ・

デ・アシスの見事な胸を目にしたのだ。まさに真昼の閃光であり、突如バスルームのドアが開いたかと思えば、頭に巻いたタオル以外一糸纏わぬ姿の魅惑的女性が沈黙の叫び声を上げながら慌てて窓を閉めた。

その後三十分間、彼は事務室の薄闇であの幻のほろ苦さを噛みしめ続け、正午少し前にドアを施錠した後、どこかほかのところでもっとしっかり記憶を味わおうと思った。

電信所に差し掛かったところで郵便局長に合図され、「新しい司祭が来るぞ、アシス未亡人が使徒座知牧[37]に手紙を出したんだ」と声を掛けられた。秘書は話に乗ることなく言った。

「男の最大の美徳は秘密を守ることです」

広場の角まで来ると、ベンハミン氏が店の前に広がる水たまりを飛び越えあぐねており、思わず秘書は、「ご存じないでしょうね、ベンハミンさん」と声を掛けた。

「いったい何を?」ベンハミン氏は訊いた。

「いえ、何も」秘書は言った。「この秘密は墓まで持っていきます」

ベンハミン氏は肩をすくめたが、若々しく颯爽と水たまりを越えていく秘書の姿を見て、彼もやっと思い切って飛び越える気になった。

不在中に誰かが食事を届けており、三つに仕切られた弁当ボックスと皿、ナイフとフォーク、二つに折ったクロスが店の奥に置かれていた。ベンハミン氏はクロスを広げ、昼食のために周りを整理した。すべてに細心の注意を払いながら、まずスープ皿を手に取って、大きな脂の円が浮かんだ黄色い骨入りスープを飲み、別の皿で白米、茹で肉、揚げたユカイモを食べた。暑くなり始めていたが、ベンハミン氏は気にしなかった。昼食を終えると、皿を積み上げてボックスの仕切りを元に戻し、水を一杯飲んだ。

ハンモックを吊ろうとしたところで、誰かが店に入ってきたことに気づいた。

眠そうな声が問いかけてきた。

「ベンハミン氏はいますか?」

目を向けると、頭をタオルで覆った黒装束の女が灰色の顔を見せていた。ペペ・アマドールの母だった。

37 教皇庁に任命される役職。

「私ならいません」ベンハミン氏は言った。

「そこにいらっしゃいます」女は言った。

「わかっていますが」彼は言った。「いないも同然です。用件は承知していますから」

店の奥のドアの前で女がためらう間も、ベンハミン氏はハンモックを整える作業を続けた。息を吸うごとに肺からそっと空気の音が漏れた。

「そこにいるのはやめてください」厳しい調子でベンハミン氏は言った。「帰るか中に入るかしてください」

女はテーブルの前の椅子に座り、静かに啜り泣き始めた。

「すみませんが」彼は言った。「ご理解ください、そのような姿で人目につくところにいられると、私の身が危険に晒されます」

ペペ・アマドールの母は頭からタオルをとり、目を拭った。ハンモックを吊り終えたところでベンハミン氏は、いつもの癖で紐の強度を確かめた。そして女のほうへ向き直って言った。

「嘆願書を書けというのですね」

女は頷いた。

「そうでしょう」ベンハミン氏は続けた。「まだ嘆願書の効力を信じておられるのですね。最近では」彼は声を落として説明を続けた。「紙で正義を通すことはできません。正義を通すのは銃です」

「みんな同じことを言っています」女は答えた。「でも、何の因果か、息子を収監されている母はこの私だけです」

話しながら女はそれまで手に握りしめていたハンカチの結び目を解き、汗にまみれた八ペソ分の紙幣を取り出して、ベンハミン氏に差し出した。

「手元にはこれしかありません」彼女は言った。

ベンハミン氏は金を見つめ、肩をすくめながら紙幣を手に取ってテーブルに置いた。

「無駄は承知のうえで」彼は言った。「神に向かって自分が頑固な男であることを証し立てるためだけに、お引き受けします」女は黙ったまま感謝し、また啜り泣き始めた。

「いずれにせよ」ベンハミン氏は諭すような調子になった。「町長と掛け合って、息子と面会できるようにしてもらうことですね。知っていることを話すよう説得していただかなければ、嘆願書を書いても、豚にくれてやるのとかわりありません」

女はタオルで鼻を拭い、再び頭を覆って、振り返ることもなく店を出た。

ベンハミン氏は四時まで寝ていた。中庭へ出て顔を洗うと、空は晴れ上がっており、あたりが羽蟻だらけになっていた。服を着替えて、わずかに残った髪を整えた後、電信所へ公印付きの紙を一枚買いに行った。

店へ戻って嘆願書を書こうとしていたところで、町の異変に気がついた。遠くから叫び声が聞こえた。脇を駆け抜けていく少年の一団に、何が起こったのか問いかけると、彼らは立ち止まることもなく返事を寄越した。ベンハミン氏は電信所へ戻り、公印付きの紙を返品して言った。

「これはもう不要です。ペペ・アマドールが殺されました」

まだ半分眠ったまま、片手にベルト、もう一方の手で上着のボタンを掛けながら、町長は二飛びで寝室の階段を駆け下りた。光の色が時間の感覚を狂わせた。何が起こっているのか理解する前に、とにかく署に向かうべきだと察した。

彼の足音に合わせるようにして窓が次々と閉められていった。女が一人、向こうから両手を広げて道の真ん中を走って近寄ってきた。澄んだ空気に羽蟻が飛び回っていた。まだ事態が飲み込めぬまま、町長は拳銃を抜いて駆け出した。

女の集団が署のドアをこじ開けて中に入ろうとしており、男たちが力ずくでそれを妨げていた。町長は遮二無二人を掻き分け、ドアに背中を着けて人々に銃口を向けた。

「一歩でも前に出たら撃つぞ」

ドアを内側から押さえていた警官が銃を構えたままドアを開け、笛を鳴らした。すると二人の警官がバルコニーへ駆けつけて空に向けて発砲し、これを見た人々は通りの端へ散り散りに逃げ去った。その瞬間、街角に女が現れて犬のように吠えた。それがペペ・アマドールの母だとわかった町長は、署の内部へ駆け込み、階段のところから警官に声を掛けた。

「あの女を任せたぞ」

中は完全に静まり返っていた。独房の入り口を塞いでいた警官たちを押しのけてペペ・アマドールの状態を確認したところで、町長は初めて事態を飲み込んだ。床に放り出されて体を丸めた男は、両手を太腿の上に置いていた。顔は青ざめていたが、血痕はなかった。

外傷がないことを確かめると、町長は仰向けの死体を伸ばし、シャツの裾をズボンのなかに入れて、前を閉じた。そして最後にベルトを閉めてやった。

立ち上がった時にはすでに落ち着きを取り戻していたが、警官たちと向き合った時の彼の顔は、疲労の色を帯び始めていた。

「誰がやった？」

「全員です」金髪の警官が言った。「脱走しようとしたんです」

町長は思いつめたように彼を見つめ、数秒だけ言葉を失ったような様子を見せた。「そんな話を鵜呑《うの》みにする奴はもう誰もいない」彼は言って、金髪の巨人警官のほうへ進みながら手を突き出した。

「拳銃を寄越せ」

警官はベルトを外して彼に手渡した。町長は撃ち終えた後の薬莢を取り出して新しい弾を込め、薬莢をポケットにしまって、拳銃を別の警官に渡した。近くから見ると無邪気なオーラに照らされているように見える金髪の巨人警官は、隣の独房へと導かれた後、制服を完全に脱いで町長に渡した。まるで儀式のように、誰もがやるべきことをわきまえていて、粛々と事が進んだ。最後に、町長自身が死者の独房を閉じて、中庭に面したバルコニーに出た。相変わらずカルミカエル氏が椅子に座っていた。

事務室に通されたカルミカエル氏は、椅子をすすめられても何の反応も見せなかった。机の前に立ち尽くす彼の服はまたもや濡れており、一部始終を見ていたのかと町長に問いを向けられても、ほとんど頭を動かすこともなかった。

「いいだろう」町長は言った。「これからどうするのか、あるいは何かする必要があるのか、まだ何も考えられていないが、何をするにせよ」彼は続けた。「よく覚えておけ。お前の意思にかかわらず、お前も共犯だ」

服が体に貼りついて皮膚がむくみ始めていたカルミカエル氏は、三晩続けて溺れ続けてまだ顔が水面に出ないとでもいうように、机に向かってぼんやり立ち尽くしていた。町長は生命反応を待ったが、無駄だった。

「いいか、状況はわかっているな、カルミカエル。今や俺たちはグルなんだ」

重々しい調子で、芝居じみた抑揚まで添えて彼は言ったが、カルミカエル氏の頭には何も残らないようだった。防弾扉が閉ざされた後でも、むくんだ寂しげな体で机の前にじっと立ち尽くしていた。

署の前では、二人の警官がペペ・アマドールの母の手首を押さえていた。三人とも一見落ち着いており、女は乾いた目でゆっくり呼吸していた。だが、町長がドアのところに姿を見せると、しわがれた唸り声を発しながら荒っぽく体を揺すり、警官の一人がやむなく手を放したせいで、もう一人が腕をひねり上げて地面に押さえつけねばならなかった。

町長は目を逸らした。別の警官に付き添いを命じ、角から騒動を注視していた一団と向き合った。誰に向かってというわけでもなく町長は言った。

「お前ら、誰でもいいから、これ以上深刻な事態を招きたくなければ、この女を家へ連れて帰れ」

警官に付き添われたまま彼は集団を掻き分けて進み、司法局へ向かった。誰もいなかったので、アルカディオ判事の自宅まで出向き、ノックもせずにドアを押しながら叫んだ。

「判事」

妊娠の重い空気にうちのめされていたアルカディオ判事の女が薄闇から答えた。

「出て行きました」

町長はドア口から動かなかった。

「どこへ行った？」

「どこへですって？」女は言った。「クソ淫売のところにきまってるでしょう」

町長は警官に中へ入るよう合図した。女にかまわずその脇をすり抜け、寝室を引っ掻き回して男物が何もないことを確かめたうえで、部屋へ戻った。

「いつ出て行った?」町長が訊いた。

「二日前の晩です」女は言った。

町長はじっくり間を置いて考えた。

「あの野郎」彼は突如声を荒げた。「地下五十メートルに隠れたのか、ろくでなしの母のお腹に潜り込んだのか、それは知らんが、どこにいようと、生きていようと死んでいようと、必ず引きずり出してやる。政府の力を思い知るがいい」

女は溜め息をついた。

「神様がお聞きです、警部補」

辺りは暗くなり始めていた。署の角には警官に阻まれた集団がまだ残っていたが、ペペ・アマドールの母はすでに連れ去られており、町は一見静かになっていた。

町長は直接死者の独房へ向かった。警官に助けられて死体に帽子と眼鏡をつけ、準備させた帆布にくるんだ。そして署のあちこちから紐や針金の断片を掻き集め、死体を首から踝までぐるぐる巻きにした。作業を終えると汗だくになっていたが、元気を取り戻したようだった。まるで死体の重みから本当に解放されたようだった。

そこで初めて独房の明かりを点け、警官に指示を出した。「シャベルと鍬《くわ》、ランプを探せ。それからゴンサレスを呼んで、一緒に裏庭へ行って、奥のほうが一番乾いているから、そこに深い穴を掘るんだ」一言ひとこと探し当てながら話しているような口調で町長は言った。

「いいか、全員一生忘れるなよ」彼は締めくくった。「この青年は死んだのではない」

それから二時間経っても、まだ墓掘りは終わらなかった。バルコニーへ出た町長は、区画の警備を担当する警官を除き、通りに誰もいないことを確認した。階段の明かりを点け、部屋の最も暗い一角で体を休めながら、遠くでイシチドリが発する間延びした鳴き声を聞くともなく聞いていた。

アンヘル神父の声が聞こえて、彼の瞑想は打ち切られた。まず当直の警官に話しかける声、続いて付き添いの誰かに向けた声が聞こえ、最後に別の声が届いてきた。署内に入った二つの声、さらに階段を上る足音が届いてくるまで、町長はじっと折り畳み椅子に身を屈めて待った。そして暗闇で左腕を伸ばし、カービン銃を手にとった。最上段に姿を現した彼の姿を見て、アンヘル神父は立ち止まった。二段下にヒラルド医師がおり、糊《のり》の利いた短めの白衣を着て、手に鞄を持っていた。医師は鋭い歯を剝き出しにした。

「失望しましたよ、警部補」上機嫌で彼は言った。「いつ検死に呼ばれることかと、午後中ずっとお待ちしていました」

アンヘル神父は穏やかで透明な目を彼に据えた後、再び町長を見つめた。町長も笑みを浮かべていた。

「検死など不要です」町長は言った。「そもそも死者がいないのですから」

「ペペ・アマドールに会わせてください」神父が言った。

銃口を下に向けてカービン銃を持ったまま、町長は医師に向かって言葉を続けた。

「私が会いたいぐらいですが、どうしようもありません」そして真顔に戻って言った。「脱走しました」

アンヘル神父は一段上に進んだ。町長はカービン銃を向けて言った。「そこを動かないでください、神父様」医師も一段上に進んだ。

「一つお聞きください、警部補」まだ笑みを浮かべたまま彼は言った。「この町には秘密などありません。あの青年がドン・サバスの売っていたロバと同じ目に遭ったことは、午後四時以降、町民全員が知っています」

「脱走しました」町長は繰り返した。

医師に意識を集中していたせいで、アンヘル神父が両腕を高く掲げて一気に二段上った時も、すっかり警戒が緩んでいた。

町長は手で歌うような乾いた音で銃の安全レバーを外し、両脚を開いてその場に踏ん張った。

「止まれ」彼は叫んだ。

医師は神父の僧衣の裾を摑んだ。アンヘル神父は咳《せ》き込んだ。

「卑怯《ひきょう》な真似はやめてください、警部補」医師の声が久しぶりに刺々《とげとげ》しくなった。

「検死を行うべきです。ここの監獄で囚人がどんな目に遭っているのか、真相を解明すべき時です」

「先生」町長は言った。「そこから動いたら撃ちますよ」そして視線を少しだけ神父のほうへ動かした。「神父様も同じです」

三人はしばらくそのままじっとしていた。

「それに」町長が神父に向かって言葉を続けた。「さぞかしご満足でしょう、神父様。

ビラを貼っていたのはあの青年です」

「まさか」アンヘル神父は言いかけた。

ところが、激しい咳で先を続けることができず、町長は発作が収まるまで待った。

「よくお聞きください」町長は言った。「これから数を数えます。三まで来たら目をつぶったままそのドアに向けて発砲を始めます。最初で最後の忠告です」今度ははっきりと医師に向かって告げた。「冗談はこれで終わりです。戦争が始まったんです、先生」

医師はアンヘル神父の袖を引っ張り、町長に背を向けることなく階段を下り始めた。そして突如あけすけな笑い声を上げて言った。

「それで結構、将軍、やっとわかり合えてきたようですな」

「一」町長が言った。

次の数は聞こえなかった。署の角で二人は別れたが、憔悴していたアンヘル神父は、潤んだ目を見られぬよう顔を背けていた。ヒラルド医師は相変わらず顔に笑みを浮かべたまま、神父の肩を一つ叩いて言った。「今に始まったことではありませんよ、神父様、これも人生です」家の角を曲がったところで街灯の明かりに腕時計をかざすと、八時十五分前だった。

アンヘル神父は食事もできなかった。外出禁止時間が始まった後、机に向かって手紙を書き始め、真夜中過ぎまでそのまま俯いているうちに、霧雨が周りの世界を消していった。凝りすぎるきらいもある文章を均等な字で容赦なく書き進めていると、夢中になりすぎて、乾いたペン先で紙を引っ掻いたまま見えない単語を二つ書いてしまうまで、インクがついていないことに気づかないことさえあった。

翌日のミサの後、金曜日まで発送がないとわかっていたにもかかわらず、手紙を投函した。午前中は曇天で空気が湿っていたが、正午頃にはまた晴れ上がった。迷子の鳥が中庭に現れ、チュベローズの間を窮屈そうに跳ね回った。鳴き声のオクターブが次第に上がり、最後には甲高くなりすぎて、想像の耳でしか聞くことができなくなった。

黄昏の散歩に出たアンヘル神父は、午後中ずっと秋の芳香にとりつかれていたことに思い至った。トリニダッドの家に着いて、ようやく回復した彼女と十月の病気について悲し気な会話を交わすうちに、実はその臭いの正体は、ある晩執務室を訪れたレベカ・デ・アシスの体から発されていた臭いと同じではないかと思いついた。

その前にカルミカエル氏の家族を訪ねたところ、妻と長女は悲嘆に暮れ、彼のことを口にするたびにわざとらしい調子が声に混じった。だが、子供たちは厳しい父親がいなくなって幸せそうで、モンティエル未亡人から贈られたつがいのウサギにコップで水をやろうとしていた。突如アンヘル神父は会話を中断し、手で何か記号を描きながら言った。

「わかった。トリカブトの臭いだ」

だが、トリカブトではなかった。

ビラの話題を口にする者は誰もいなかった。次々と起こる事件の轟音を前にしては、ビラなど過去の珍奇な逸話にすぎない。午後の散歩でも、お祈りに続いて執務室で敬虔な女性たちと交わした懇談でも、アンヘル神父はそれを確かめることができた。

独りになると、空腹を覚えて、青バナナの揚げ物とカフェオレを準備し、チーズを一切れ添えた。腹が満たされると、臭いのことは頭から消えた。就寝前に服を脱ぎ、蚊帳に入って、殺虫剤でも死ななかった蚊を殺すうちに、何度もげっぷが漏れた。胸焼けがしたが、心は平穏だった。

聖人のように眠りながら、外出禁止令の沈黙の内側から、感情のこもった囁き声、夜明け前の氷で調弦された楽器を爪弾く音、そして最後に、昔の歌が聞こえてきた。五時十分前、神父は自分が生きていることに気づいた。重々しく力を込めて体を起こし、指で瞼を拭いながら彼は考えた。「十月二十一日金曜日」そして声に出して記憶を確かめた。「聖ヒラリオン」[38]

顔も洗わず、お祈りもしないまま服を着た。僧衣のボタンを正し、毎日履いているせいでひび割れて底が剝がれかけたブーツを履いた。チュベローズに向かってドアを開けたところで、歌の歌詞が思い浮かんだ。

「死ぬまであなたの夢にとどまっている」溜め息が漏れた。

神父が最初の鐘を鳴らしているところに、ミナが教会の扉を押して入ってきた。そのまま洗礼堂に向かうと、仕掛けられた罠のなかにチーズが手つかずのまま残っていた。アンヘル神父は広場に向かって扉を開け広げた。

「ついてないわ」空っぽの段ボール箱を揺すりながらミナは言った。「今日は一匹もかかっていない」

アンヘル神父は気にもかけなかった。澄んだ空気とともに、眩しい一日が始まっており、何はともあれ、今年も十二月が時間どおりやってくることが予感できた。パストールの沈黙がいつになくはっきり感じられた。

「昨夜はセレナーデがあったな」神父は言った。

「銃弾のセレナーデですよ」ミナが言った。「さっきまで銃声が聞こえていました」

神父はここで初めて彼女の顔を見つめた。極端に青白い顔の彼女も、盲目の祖母と同じく、世俗信者の青い帯を使っていた。男っぽい気性のトリニダッドと違って、彼女の内側で女性が成熟し始めていた。

「どこで?」

「あちこちです」ミナは言った。「秘密回覧を必死に探し回っていたみたいです。偶然理髪店の床を剝がしたら、武器が見つかったそうです。刑務所は満杯で、人々が大挙して町を離れてゲリラに加わっているようです」

アンヘル神父は溜め息を漏らして言った。

「私は何も気づかなかった」

38 四世紀に活動した聖人。イスラエルのガザ生まれ。

神父は教会の奥へ向かい、ミナは彼に続いて黙ったまま主祭壇へ進んだ。

「それだけじゃありません」ミナは言った。「昨夜は、外出禁止令と銃声にもかかわらず、また……」

アンヘル神父は立ち止まり、無邪気な青色を湛《たた》えた悠長な目を彼女に向けた。空箱を小脇に抱えたままミナも立ち止まり、言い終わる前に神経質な笑みを見せた。

解説

寺尾隆吉

コロンビア現代史とガブリエル・ガルシア・マルケス

ノーベル文学賞作家ガブリエル・ガルシア・マルケスの祖国コロンビアは、二一世紀に入って二十年以上が経過した今、重大な歴史的局面に差し掛かっている。二〇二二年八月七日、新共和国大統領として、コロンビア史上初となる左翼政権を発足させたグスタボ・ペトロ・ウレゴは、一九七七年から都市型ゲリラ組織M-19に身を投じた元闘士であり、武装解除とともにM-19が合法政党「M-19民主同盟」に移行した一九九〇年以降は、ゲリラ活動に理解のある左翼政治家として、下院議員、上院議員、ボゴタ市長などの要職を歴任しながら、山積する深刻な政治・社会問題に様々な角度から取り組んできた。投獄と拷問に耐え抜いた屈強の元ゲリラ戦士という顔を持つ反面、私立エステルナード大学（ボゴタ）で経済学を専攻して以来、スペインの名門サラマンカ大学やベルギーのルーヴァン・カトリック大学で社会科学を研究した知性派でもあり、経済的格差の是正と左翼ゲリラとの和平実現という難題の解決に向けて、新大統領の手腕に国民の期待が集まっている。余談になるが、ゲリラ戦士時代のペトロのハンドルネームは「アウレリアーノ」、言うまでもなく、ガルシア・マルケスの名作『百年の孤独』（一九六七）で、三十二回反乱を起こしてそのすべてに敗れたアウレリアーノ・ブエンディーア大佐に因《ちな》んでいる。大統領就任式以後、難しい舵取りを託されたペトロの胸中は計り知れないが、最後の降伏に際して自らピストルで胸を撃ち抜いたブエンディーア大佐の忸怩《じくじ》たる思いが脳裏に蘇る瞬間は度々あるのではないだろうか。

コロンビアにおいて、ゲリラと内戦の歴史は一九世紀の独立直後に遡るほど長く、『百年の孤独』を筆頭とするガルシア・マルケスの小説作品にも暗い影を落としているが、一九六二年に刊行された『悪い時』は、コロンビアの社会的現実に対する作者のヴィジョンをとりわけ鮮明に映し出した作品であり、人間の意志を越えて際限なく続く政治的暴力のメカニズムを理解するための重要な手掛かりを内に秘めている。二〇一六年、当時のフアン・マヌエル・サントス大統領がノーベル平和賞を受賞し、翌年には左翼ゲリラＦＡＲＣ（コロンビア革命軍）が武装解除に合意して、待望の和平に向けてコロンビアが重要な一歩を踏み出しつつある今、不穏な世界情勢下でこの作品と向き合う意味は大きい。知名度において『百年の孤独』に劣るとはいえ、刊行から六十年が経過した後でも、『悪い時』の醸し出す息苦しく不気味な雰囲気は、政治的暴力に脅かされた市民生活の象徴的表現であり続けている。

『悪い時』の執筆から刊行まで

『悪い時』についてガルシア・マルケスは、「この小説自体が別の小説になるかもしれない」と述べ、自伝『生きて、語り伝える』にその執筆過程を詳しく記している（*Vivir para contarla*, Barcelona, Mondadori, 2002, pp.275-280. 邦訳は新潮社より二〇〇九年刊行、翻訳旦敬介）。以下、作者自身の発言を辿りつつ、親交の深かった人々の証言でこれを補足しながら、『悪い時』が世界的に流通するまでのいきさつを再現してみることにしよう（以下、引用はすべて拙訳）。

同じく平和な友人たちが住む別の町では、同じ頃、暴力が致命的とは言わずとも有害な、ビラという形をとって表出した。有力家族が内側で恐怖に苛まれ、運命の宝くじでも待ち構えるようにして翌朝を迎えた。思いもよらぬところに懲罰の紙が現れ、自分が対象とならず安堵することもあれば、他人が餌食となって密かに祝杯をあげる者もいた。私の知りうるかぎり最も平和な男とさえ言えるかもしれない父は、一度も発射したことのない高徳の銃に油を差し、ビリヤード場で声高に言い放った。

「娘のことをとやかく言う奴がいたら、一発ぶちこんでやる」

国内のあちこちで反対派を一掃するために警察が進めていた暴力の前兆ではないかと恐れ、町を逃げ出す家族が相次いだ。

ガルシア・マルケス自身は正確な年代と場所を明らかにしていないが、伝記作家ジェラルド・マーティンの研究によって確かめられているとおり（Gerald Martin, *Gabriel García Márquez: una vida*, New York, Random House, 2009）、事件が起こったのは、一九四〇年、コロンビア北部ボリバル県（現在はスクレ県）スクレでのことだった。隣接するマグダレナ県のアラカタカで一九二七年に生まれたガルシア・マルケスは、一九三六年まで故郷で祖父母に育てられた後、紆余曲折を経て一九四〇年にカリブ沿岸の主要都市バランキージャで中学校に入学しており、事件に際してスクレに居合わせたのは、この町で薬局を営む両親のもとで休暇を過ごしていたからだった。コロンビアにおける政治的・社会的不安定の最大の要因は、一九世紀前半に遡る保守党と自由党の絶え間ない権力闘争にあり、なかでも最悪の被害をもたらした「千日戦争」（一八九九～一九〇二）が終結した後も、両派は二〇世紀の後半まで血みどろの争いを続けた。ガルシア・マルケスの生まれ故郷アラカタカが、自由派大佐として内戦を生き抜いた彼の祖父ニコラス・マルケスの影響力もあって、自由派に与《くみ》していたのに対し、スクレでは保守派が優勢であり、一九四〇年当時も自由派に圧力がかけられていた。『悪い時』の舞台となる「町」のモデルはこのスクレであり、一九六〇年代半ばまでは、後にガルシア・マルケス文学の中心地となる「マコンド」と「町」を混同する批評がしばしば見られたが、後に作者本人が何度も明かしたとおり、両者はまったく異なる文学空間として描き出されている。アラカタカは二〇世紀初頭にユナイテッド・フルーツ社のバナナ農園開発で栄えた町であり、鉄道で海岸部と結ばれていたのに対し、スクレは一九三〇年代以降にサトウキビ栽培や米作の開発によって急速に発展した地域に属しており、マグダレナ川に面していることもあって、一九五〇年代まで最も重要な輸送手段は船だった。『悪い時』には川の氾濫が描き出されているが、スクレも、歴史上何度か大洪水に見舞われた町として知られている。アラカタカをモデルとしたマコンドが『百年の孤独』の舞台として後に脚光を浴びる一方、スクレをモデルとした「町」は、『悪い時』と『大佐に手紙は来ない』（一九五八）、さらに短編小説集『ママ・グランデの葬儀』（一九六二）に収録された作品の大半で舞台となったほか、後に『予告された殺人の記録』（一九八一）で再登場することになる（一九五一年にスクレで起こった殺人事件がこの小説の出発点だとされている）。ガルシア・マルケスの両親は一九五二年までスクレに拠点を置いており、一九四三年にボゴタ近郊のシパキラで高校に入学して以降、ボゴタ、カルタヘナ・デ・インディアス、バランキージャと移り住んだガルシア・マルケスは、毎年のようにこの町を訪れて休暇を過ごしていた。

最初から、ビラが同一人物によって、同じ紙に同じ筆で書かれていることは明らかであり、広場にあった小さな商店でしか当該の品々が入手できなかったことから、店主は慌てて身の潔白を証し立てようとした。あの時以来、いつかビラについて小説を書いてみようとずっと思っていたが、それはビラの内容に惹かれたからではなく——たいていは周知の戯言で、面白いものではなかった——、家庭内にビラが引き起こす耐え難い緊張を目の当たりにしたからだった。

実際にガルシア・マルケスが「ビラ小説」の執筆に着手するのは、盟友プリニオ・アプレヨ・メンドーサの証言によれば（Plinio Apuleyo Mendoza, *Aquellos tiempos con Gabo*, Barcelona, Plaza & Janés, 2002）、一九五六年冬、パリ滞在中のことだった。後に触れる一九四八年の「ボゴタソ」以降、ガルシア・マルケスはカルタヘナとバランキージャでジャーナリズムに従事しながら作家仲間と世界文学の名作を漁《あさ》り続け、新聞や雑誌に短編小説なども寄稿していたが、一九五四年にコロンビアの最有力紙『エル・エスペクタドール』の記者に抜擢された後、一九五五年には特派員としてヨーロッパに派遣されていた。ローマでは映画学校に通い、東欧にまで足を延ばすなど、当初は悠々自適の生活を送っていたものの、パリへ移った後の翌年一月、独裁政権の圧力で『エル・エスペクタドール』が廃刊に追い込まれたことから収入は途絶え、極貧の状態で冬を過ごすことになった。キュジャ街の安ホテルで暮らしていたガルシア・マルケスは、ある時訪ねてきたメンドーサに向かって、作品の書き出しを次のように語り始めたという。「家の中庭でクラリネットを吹いているところに、自宅の壁に貼られたビラを読んだばかりのヘラルド・モンティエルが現れる。虎退治にでも使えそうな二連猟銃を発射して、彼を撃ち殺す。」殺人犯の名前こそ変わってはいるものの、これが『悪い時』の冒頭部にあたることは明らかだろう。

この小説を書いた当時は、パリのカルチェラタンにあるキュジャ街、サン＝ミッシェル通りから百メートルほどのところにある学生用ホテルに滞在していて、容赦なく日々が過ぎていくなか、決して届くことのない小切手を待ち続けていた。作品を投げ出したところで原稿の束をまとめ、羽振りのよかった時代に買った三本のネクタイのうちの一本で縛った後、クローゼットの奥に葬った。

執筆は、後に妻となる当時の恋人メルセデスの写真を画鋲で留めた寒い部屋で、数カ月にわたって集中的に進められた。チリ出身の文学研究者ルイス・ハースとのインタビュー（Luis Harss, *Los nuestros*, Buenos Aires, Sudamericana, 1966）でガルシア・マルケス自身が後に明かしたとおり、「知っていることをすべて注ぎ込もう」と躍起になるあまり、構想が広がりすぎて収拾がつかなくなり、草稿が五百枚に達したところで、執筆は完全に行き詰った。やむなく彼は、一九五六年半ば、「ビラ小説」の登場人物となる予定だった退役大佐を本体から切り離すことに決め、別の中編小説に取り掛かる。これが『大佐に手紙は来ない』であり、一九五七年に書き上げられたこの佳作は、まず一九五八年にコロンビアの文芸雑誌『ミト（神話）』第一九号に掲載された後、メデジンのアギーレ社から一九六一年に単行本として刊行された。

その後、ネクタイに縛られた原稿の束は、トランクの底で眠ったままロンドン、バランキージャ、カラカス、ハバナ、ボゴタとせわしなく移動を繰り返し、その間ガルシア・マルケスは、ジャーナリズム活動の合間を縫うようにして、後に『ママ・グランデの葬儀』に収録されることになる短編小説の執筆を進めていた。「ビラ小説」が再び日の目を見たのは一九五九年のボゴタにおいてであり、キューバ革命勃発直後からハバナに滞在したガルシア・マルケスはこの頃、盟友メンドーサとともに、キューバ革命政府の肝煎りで創設された通信社プレンサ・ラティーナのボゴタ支部開設を任されていた。膨らみすぎた小説を前に、彼は五百枚の草稿を捨てて一から書き直すことを決め、一章が一日に対応する厳格な構成を設定したうえで、アーネスト・ヘミングウェイから学んだ簡潔な文体でウィリアム・フォークナーの呪縛を中和しながら、三カ月で作品を完成させた。

ビラ小説を再開した背景に、間近で体験したキューバ革命の衝撃とともに芽生えた強い政治意識があったことは間違いなく、政治問題とコロンビアの暴力的現実を前面に打ち出そうと腹を括ったところから、ようやく小説が完成に向かったと言えるだろう。

書いていくうちに見えてきたとおり、当初の思惑と違って、根底にあったのは道徳ではなく政治の問題だったのであり、実のところビラは、最後まで具体化することができなかったプロットを作り上げるための出発点でしかなかった。

同じ年にガルシア・マルケスは、「暴力小説に関する二、三のこと」というタイトルの短いエッセイを発表しており、アルベール・カミュの名作『ペスト』を手本に、小説作品における政治問題や暴力的現実との向き合い方について考察を巡らせたこの興味深い論考が、後述するとおり、『悪い時』を書き進めるための理念的支柱となった(作品内に定期的に現れるネズミの死骸がカミュへのオマージュであることは、多くの批評家・研究者によって指摘されている)。

ところが、それでもまだ「ビラ小説」の長い旅路は終わらない。一九六一年六月にガルシア・マルケスは拠点をニューヨークからメキシコシティへと移すことになり、その数カ月後、事態は急展開する。

二年後、メキシコシティで、どこへしまったのかもわからなくなっていた頃になって、当時としては破格の三千ドルという賞金を掲げたエッソ・コロンビア文学コンクールにあの小説を送ってほしいと依頼された。伝令役となったのは旧友のコロンビア人写真家ギジェルモ・アングーロで、パリで書き進めていた頃からこの未刊小説の存在を知っていた彼は、応募の締め切りが迫っているというので、ネクタイで縛られた草稿にアイロンをかける暇も与えずそのまま持ち去った。こうしてコンクールに応募はしたものの、家一軒余裕で買えるほどの賞金を手にすることなどまったく期待していなかった。ところが、その原稿が、一九六二年四月一六日、まるでパンを手にして生まれてきたような次男ゴンサロが産声を上げたのとほぼ同時刻に、やんごとなき審査委員会から受賞作に選ばれた。

「エッソ・コロンビア文学コンクール」とは、これもガルシア・マルケスの盟友で、広告業界に大きな影響力を持っていた詩人アルバロ・ムティス（二〇〇一年にセルバンテス賞を受賞）の尽力により、大手石油会社のコロンビア・エッソがコロンビア言語アカデミーと共同で若手作家の育成を目的に主催した文学賞であり、一九六一年三月に第一回の公募が始まった。審査員に迎えられたのは、いずれも有力作家・批評家だったラファエル・マヤ、エドゥアルド・メンドーサ・バレラ、ダニエル・アランゴの三氏であり、一七三作もの応募が集まったという記録が残っている。実際に受賞作が発表されたのは、セルバンテスの誕生日にあたる四月二三日だったようだが、その後、作品の出版に向けて話が進み始めたところで、「ビラ小説」はひと悶着引き起こすことになる。受賞作発表の直後、当時コロンビア言語アカデミーの会長だったフェリックス・レストレポ神父がガルシア・マルケスに書簡を宛て、作品のタイトルが不明のままになっていることを知らせた。

その時初めて、締め切り間際の慌ただしさに紛れて最初のページにタイトル――「このクソの町」――を入れ忘れたことに気がついた。

レストレポ神父はこのタイトルを聞いて愕然とし、もっと穏やかな、作品の雰囲気にもっと馴染むタイトルをつけるよう、ヘルマン・バルガスを介してやんわりと要請してきた。何度もやりとりを重ねた末、作品のドラマ自体について多くを語りはしないものの、偽善の海をやりすごす旗印にはなるであろう『悪い時』というタイトルを選んだ。

一週間後、在メキシコ・コロンビア大使で、直前に共和国大統領選挙に立候補していたカルロス・アランゴ・ベレス氏から執務室に呼び出され、受賞作で使われた二つの不適切表現――「避妊具」と「マスターベーション」――を変えてほしいというレストレポ神父の依頼を伝えられた。大使も私も驚きを隠せなかったが、終わりの見えないコンクールを首尾よく穏便に締めくくるためには、レストレポ神父の顔を立てるよりほかない、ということで二人の意見が一致した。

「わかりました、大使」私は言った。「どちらか一方だけ削除しますから、どちらにするか、大使が選んでください」

大使は安堵の溜め息とともに「マスターベーション」を選んだ。問題はこれで解決し、受賞作の印刷を引き受けたマドリードのイベロアメリカナ出版は、華々しい宣伝とともにかなりの部数を売り出した。

ところが、「見事な文字を上質紙に印字した革装丁の本」は、「束の間のハネムーン」でしかなかった。肝心の中身は、誤植だらけだったうえ、スペイン風のスペイン語にこだわる校閲担当が作者に無断でコロンビア風の言い回しをすべてマドリード風の〈標準語〉に書き直していたのだ。憤慨したガルシア・マルケスは、『エル・エスペクタドール』紙に公開書簡を宛ててこの版を断罪し、その後も、生涯この版を認知しなかった。とはいえ、メキシコシティに拠点を移したばかりで、安定した収入を得られぬまま不自由な生活を送っていたガルシア・マルケスにとって、三千ドルという賞金が大きな救いだったことにかわりはない。この時に買った愛車オペルは、彼の行動範囲を飛躍的に広げたのみならず、後に『百年の孤独』の執筆に向けた「天啓」にも一役買うことになる。

最終的に、『悪い時』の「公式初版」は、一九六〇年の創業以来カルロス・フエンテスの『アウラ』（一九六二）など様々な名作を手掛けてきたメキシコのエラ社によって一九六六年に刊行され、その冒頭にガルシア・マルケスはこんな注釈を添えた。

一九六二年に初めて『悪い時』が刊行された際には、由緒正しい言葉という名目のもと、校正係が独断で表現を改めて文体を糊付けした。本書の刊行に際しては、崇高な身勝手という名のもと、作者が独断で不正確な表現と粗野な文体を元どおりに戻した。これが『悪い時』の正真正銘の初版となる。

当然ながらこの版では、「マスターベーション」も検閲を解かれている。その後、『百年の孤独』を大成功させたアルゼンチンの最大手スダメリカナ社が、一九六九年に『悪い時』を大規模に再版し、以後、スペイン語圏のほぼ全域で流通するようになった。並行して、一九六六年のドイツ語版、一九七〇年のイタリア語版、一九七九年の英語版など、世界各地で翻訳の刊行が進み、日本語版（高見英一訳）は一九八二年に新潮社から刊行された。

『悪い時』をめぐる批評

先述のマーティンが「批評家に決して好まれない作品」と評したとおり、『悪い時』は独特の曖昧模糊とした内容で批評家や研究者を悩ませ続けている作品であり、とりわけ刊行当初の評価は低かった。アントワープ生まれの文芸批評家で、後に有力文芸雑誌『エコ（響き）』から『百年の孤独』の成功を後押しすることになるエルネスト・ボルケニングは、一九六三年に発表した書評で、構成が「断片的」で挿話同士の結びつきが緩いうえ、結末も説得力に欠けると論じた。また、文学研究者のエドゥアルド・カマチョ・ギサードは、一九六四年発表のエッセイにおいて、ガルシア・マルケスの文体には賞賛を送りつつも、町の不穏な雰囲気の再現は十分に達成されていないとの判断を下している。一九六四年の時点で最も好意的な論調を示した有力作家エルナンド・テジェスも、ガルシア・マルケスを「将来有望な作家」と持て囃《はや》しながら、『悪い時』自体については、「深さ、濃密さ、超越性に欠け」、大小説とは呼び難いと評している。

後にガルシア・マルケスから高い評価を受けることになるボルケニングが、「短編小説向きの」「断片的」構成を援用している点に『悪い時』の形式的不備を見出したという事実は、この作品につきまとう曖昧さを論じるうえで注目に値すると言えるだろう。すなわち、批評家・研究者から不評を買う原因の一端は、短編小説の寄せ集めとも長編小説ともつかぬその不確かな物語の形態にあるのだ。作中には、ヒラルド医師と妻がディケンズの小説を朗読する場面があり、ここで二人は、読書中の作品（タイトルは明かされていない）について、「長い短編」だろうか、「短い長編」だろうか、「長いけれど短い短編」だろうか、と意見を交わし合っているが、同じ疑問は『悪い時』自体にもついてまわる。このようにジャンルの定まらない小説作品を読み解く際の一助となるのは、二〇一五年にアルゼンチン文学の大御所作家リカルド・ピグリアが、同じように形態の不確かなファン・カルロス・オネッティ（ウルグアイ）の傑作『別れ』（一九五四）をめぐる論考で提起した「ヌヴェル（フランス語で「中編小説」の意味）」の定義だろう（Ricardo Piglia, "Secreto y narración", *La Nación*, 5 de junio de 2015）。口承文化を継承する短編小説と印刷文化を代表する長編小説の中間形としてヌヴェルを位置づけるピグリアにとって、このジャンルの最大の特徴は、すべてを説明し尽くそうとしないところ、「空白」と「秘密」の操作によって挿話の網をまとめながら物語を紡ぎ上げていくところにある。マリオ・バルガス・ジョサのガルシア・マルケス論

『神殺しの物語』（Mario Vargas Llosa, *García Márquez: historia de un deicidio*, Barcelona, Barral, 1971. 邦訳は水声社より二〇二二年刊行、翻訳寺尾隆吉）で論じられたとおり、ガルシア・マルケスは小説技法としての「情報隠し」に長《た》けた作家であり、どの作品においてもこれを巧みに駆使することで魅力的な小説世界を構築しているが、『悪い時』においては、情報隠しによる「秘密」の遍在がとりわけ重要な意味を持っている。なぜこれほど「秘密」が多いのか、さらに、作品内で「秘密」がどのように機能しているのか、ピグリアの論考を踏まえつつ検証してみれば、容易に理解されなかった『悪い時』の魔力を解き明かせるかもしれない。

『悪い時』の「秘密」と「ビラ」

『悪い時』を特徴づける「秘密」の遍在は、創作の出発点と密接に繋がっている。先に述べたとおり、「ビラ小説」の執筆を開始する直接の契機となったのは、ロハス・ピニージャ独裁政権による『エル・エスペクタドール』への弾圧であり、これがガルシア・マルケスの目をコロンビア国内の政治・社会情勢に向けさせることになった。一九四八年、コロンビア現代史に汚点として残るホルヘ・エリエーセル・ガイタン自由党大統領候補の暗殺とそれに伴う大暴動（通称「ボゴタソ」）を端緒として、以前からくすぶり続けてきた自由党と保守党の対立は一気に噴出し、その後、一九六〇年代まで続く殺戮《さつりく》合戦では、二十万人とも三十万人とも言われる死者を出すことになる。命からがらボゴタソを逃れたガルシア・マルケスは（このいきさつは『生きて、語り伝える』に詳述されている）、その後拠点としたカルタヘナやバランキージャでは比較的平和が保たれていたこともあって、国を席巻していた政治的暴力と距離を保ち、少なくとも創作において国の社会情勢を反映させようと試みることはなかった。ところが、一九五三年にクーデターで大統領に就任したロハス・ピニージャが強権を発動して事態の収拾に乗り出し、一九五六年にその余波がパリまで及ぶに至って、ガルシア・マルケスは政治問題を意識せずにはいられなくなった。本人は、バルガス・ジョサとの対談（*La novela en América Latina: diálogo*, Lima, Universidad Nacional de Ingeniería, 1968）で、その過程を次のように語っている。

　当時の私は政治意識に目覚めていて、国の悲劇と正面から向き合うことを決意したのです。それで私は、それまで書こうとしていたものとはまったく異なる物語に着手し、同時代のコロンビアの政治・社会問題と密接に結びついた作品を書きました。

ボゴタソ以後、ガルシア・マルケスがボゴタに戻る一九五九年までの間に、コロンビアでは暴力をテーマとした小説作品（「暴力小説」）が次々と発表されており、そのなかには、ダニエル・カイセードの『空っ風』（一九五三）のように数万部単位の驚異的売り上げを記録した小説も含まれているが、「暴力小説に関する二、三のこと」で論じられているとおり、彼はその作法に真っ向から反発していた。バルガス・ジョサとの対談において彼は、このエッセイの内容を要約する形で、自らの創作指針を次のように示している。

当時、コロンビアの作家たちは、暴力をまるで死者の目録か記録のように描き出していましたが、私はそのやり方に賛成ではありませんでした。私の考えでは、暴力の最も深刻な問題は、死者の数ではなく、それがコロンビア社会、殺戮に席巻された町に残す恐ろしい爪痕です。そして、もう一つ（中略）、私は死者のみならず、殺害する側の人間にも興味があったのです。虐殺された者の身を案じるのはもちろんですが、人殺しに町へやってくる警官のことも考えてみずにはいられませんでした。

計画に着手した時点からガルシア・マルケスには、デビュー作長編『落葉』で描き出した架空の町マコンドとまったく異なる小説空間を設定する必要があることがよくわかっていた。マコンドのモデルとなったアラカタカが、僻地《へきち》の小村という地理的条件にも助けられて暴力の影響をほぼ受けなかったこともあり、「当時のコロンビア社会はマコンドとまったくかけ離れた状態にあった」からだ。そこで彼の脳裏に蘇ったのが、かつてビラ騒動を目撃したスクレの町であり、「ビラ小説」の執筆開始当時、この町がロハス・ピニージャ派の弾圧に晒されていたという事情も、この選択を後押しした。スクレをモデルとした架空の「町」を舞台とする二作について、ガルシア・マルケス自身は同じ対談で次のように述べている。

『大佐に手紙は来ない』で、大佐と町の置かれた状況は、国中を襲った暴力の帰結ですし、『悪い時』でも、舞台となるのは、すでに暴力が過ぎ去った後の町です。私が描こうとしたのは、暴力時代の後で町がどうなったか、その状況であり、解決の糸口すら見えない制度化した暴力がまたいつ再発するかわからない、そんな張りつめた雰囲気です。

『大佐に手紙は来ない』が、圧政下で暴力の帰結を生き抜く一個人の視点を中心に物語を構成しているのに対し、『悪い時』の関心は、暴力時代を経た後、弾圧によって強権的に平和を維持する側と、恨みを抱えて弾圧に耐える側、双方から一つの町全体の集団心理を描くことにあり、結果として視点は様々な登場人物を行き来する。この構図が必然的に「秘密」を生み出すことになる。ピグリアが文学論集『批評とフィクション』(Ricardo Piglia, *Crítica y ficción*, Barcelona, Anagrama, 2001) で指摘したとおり、政治権力は様々な「秘密」のうえに成り立っており、弾圧する側は、不都合な過去を「秘密」にして平和の到来を吹聴するとともに、法と警察を盾に人々の不都合な「秘密」を握ることで権力の強化を画策する。逆に、圧政下に生きる人々からすれば、文字どおり「口は災いのもと」であり(酔った勢いで「選挙の透明性」を云々して銃殺された人物の話が『悪い時』に挿入されている）、口を噤《つぐ》んで「秘密」を守らなければ生きていくことさえできない。弾圧に反対する者たちは、監視網をかいくぐって「秘密回覧」で情報を交換し、ペペ・アマドールのように、たとえ警察に拘束されても口を割ることはない（登場人物の一人は「男の最大の美徳は秘密を守ることです」と言っている）。事態をさらに複雑にするのが神父の存在であり、道徳を盾に、映画や女子の服装に監視の目を光らせつつ、告解を通じて人々の内面に巣食う邪《よこしま》な「秘密」を掌握しようとする。こうした状況下では、口を割った者が常にとばっちりを食うことになり、町は沈黙に支配される。書き言葉が「型どおりの通信と政府のプロパガンダ」や「公的新聞」、「秘密回覧」といった無味乾燥な文書に成り下がる一方で、沈黙に限りなく近い囁きや、噂話となった不確かな話し言葉だけが町中に溢れかえる。「この町には秘密などありません」と医師は言っているが、町長とモンティエル（「脱穀場に下着姿で座っていた」男）の接触、ドン・サバスの暗躍、ペペ・アマドールの死など、町の重大事件は書き言葉を介するまでもなく、瞬く間に噂となって広がっていく。だからといって、噂のネタや「公然の秘密」とされている話が必ずしも真実でないことは、作品内に現れるいくつもの事象（パストールの不倫関係やモンティエルの殺害した猿はその例）によって示唆されている。

これまで繰り返し指摘されてきたとおり、『悪い時』は空白だらけの不完全な断片を並置しながら進行するが、こうした形式の根底にあるのは、圧政下で強いられた沈黙による情報の分断にほかならない。この種の小説の語り手は、かろうじて表に出てくる人々の言葉や反応、あやふやな噂を頼りに、沈黙の裏側に隠れた「秘密」を探りながら物語を進めるほかはない。『悪い時』においても、「ここは亡霊の町だ」とアルカディオ判事が漏らしているとおり、相矛盾する不確かな情報が伝えられるばかりで、何が真実なのか判別できず、登場人物の輪郭がぼやけることも多い。このように見てくると、結末へと進むにつれて不気味さを増す『悪い時』の雰囲気は、同じく「亡霊の町」コマラを舞台にしたフアン・ルルフォ（メキシコ）の傑作『ペドロ・パラモ』（一九五五）と似ていることに気づかされる。当初「囁き」というタイトルになる予定だったところからも窺えるとおり、『ペドロ・パラモ』は約七十の「囁き」が織りなす物語であり、当然ながら構成が断片的で、長編小説とも中編小説ともつかぬ「ヌヴェル」であるとともに、秘密だらけの不確かな情報に支配されている。生きているか、死んでいるか、その違いはあれ、いずれの小説においても、存在感の希薄な登場人物が「地獄」(「ここは地獄ですね」と映画館の興行主は神父に向かって言っている)をさまよっている。『悪い時』をリアリズム小説と見なす多くの批評家に逆らって、バルガス・ジョサはこの作品に「想像的現実」の優位を見出《みいだ》しているが、沈黙と噂話による客観的真実の揺らぎ、登場人物の希薄化という現象に着目すれば、別の角度からこの主張を追認することが可能になる。町を出て行くロサリオ・デ・モンテロの姿を見たヒラルド医師が、これこそ「現実への回帰なのではないか」と直感する場面は、いつも死体と腐臭につきまとわれた「町」の実態を図らずも暴き出している。『ペドロ・パラモ』を筆頭に、ホセ・デ・ラ・クアドラ(エクアドル)の『サングリマ一族』(一九三四)、ミゲル・アンヘル・アストゥリアス(グアテマラ)の『大統領閣下』(一九四六)、ミゲル・オテロ・シルバ(ベネズエラ)の『死の家並』(一九五五)など、圧政下に置かれた人々の生活を描くラテンアメリカ小説は、大半が断片的形式をとっているが、いずれの作品にも共通の課題は、物語を前に進める動力を見出すことにある。圧政に直面する語り手は、秘密と沈黙に妨げられて物語を展開することができず、そこに出来上がる鬱屈とした雰囲気が抑圧的体制下に置かれた人々の生活に対応するとはいえ、遅々として進まない物語はしばしば読者を退屈させる。『ペドロ・パラモ』において物語を進めるのは、町の外から父を訪ねてコマラへやってくる主人公フアン・プレシアードだが、『悪い時』において物語の動力を担ったのは「ビラ」だった。バルガス・ジョサが指摘しているとおり、匿名のビラ自体はコロンビア及びラテンアメリカの歴史にいくつも先例があり（現代世界ではSNSがビラの代わりだろうか？）、それほど新奇性に富むわけではないが、この直感的選択こそ、天賦の語り部たるガルシア・マルケスの才覚を見事に証し立てていると言えるだろう。ヒラルド医師とドン・サバスの間で交わされる「小説？」「ビラですよ」という一見何気ないやりとりは、実は『悪い時』の本質を暗示しており、この物語はビラと一体化している。話し言葉と書き言葉、個人と集団、内面と外面の中間に位置するビラは、半ば「公然の秘密」となっている個人の内面的疑念を集団の前に晒すことで外面的事実に仕立て、そこから大事件を引き起こす。これが冒頭から物語を容赦なく押し進めていることは、セサル・モンテロの犯す殺人の場面を見れば明らかだろう。さらに、その後も断続的に町の秩序を攪乱《かくらん》するビラは、それ自体が重大な「秘密」となり、最終的に町長（＝政治的秩序）と神父（＝宗教的秩序）まで巻き込む謎解きの試みが、物語を進めるもう一つの動力となる。

警察の監視や神父の告解と無縁に「秘密」を次々と暴き出していくビラは、反対派を弾圧することで辛うじて維持されていた束の間の平和を打ち砕き、町の秩序を崩壊へと追いやるが、他方で、物語の展開を監視する立場にある作者ガルシア・マルケスの側から見れば、その破壊的動力は両刃の剣になりかねない。作中では、ロベルト・アシスが邪なビラのせいでアシス未亡人の言う「地獄の想像力」に苦しめられる場面が描かれているが、ビラに「地獄の想像力」を掻き立てられるのは、ガルシア・マルケス本人も同じだろう。バルガス・ジョサから、最大の魅力は「執拗なまでに様々な逸話を繰り出すところ」と評されるほど想像力豊かなガルシア・マルケスは、ビラという仕掛けに刺激されて、次から次へと逸話を思いつくことになり、執筆の第一段階では、収拾がつかぬまま五百枚以上も書き続けることになった。下手に饒舌になりすぎれば、弾圧によって沈黙を強制された町の雰囲気を壊しかねないうえ、ビラに翻弄されるままに物語を引き延ばしたところで、結末が見えてくるわけではない。刊行版は初稿からかなり短く切り詰められたようだが、それでも、ビラをめぐる登場人物の反応は様々で、本人曰く「最後まで具体化することができなかった」というプロットが散逸して、多くの批評家が指摘するとおり、まとまりがなくなった感は否めない。

セサル・モンテロのように殺人に走る者、ロベルト・アシスのように嫉妬に狂う者、トバール家の女たちのように町を出て行く者、カトリック女性団のように町の秩序に対する脅威と受けとめる者、カルミカエル氏のように冷静に受け流す者もいれば、秘書のようにビラの謎解きに興じる者、ドン・サバスのように人々の恐怖を見て「日本人のように」楽しむ者までいる。最初のうちこそ町長と神父は揃って無視を決め込んでいるが、二人が話し合って善後策を講じようとしたところから物語は急展開し、結末は作者にさえ制御できていないようにも見える。先述のルイス・ハースの言葉を借りれば、『悪い時』は「決して完結することのない不明瞭なメロディー」であり、彼のインタビューに答えたガルシア・マルケスも、この物語が完結できていない事実を率直に認めている。

他方、小説が決して完結しないもう一つの重要な理由も見逃してはなるまい。作中でアルカディオ判事が愛読していたという推理小説なら、犯人が誰かを突き止めれば、そこで「秘密」の謎は解け、物語はめでたく完結する。『悪い時』の物語では、カードによる手品の種は秘書によって明かされている（具体的な内容は記されていない）が、ビラという「理解できない手品」の謎は、最後まで誰にも解くことができない。

皮肉にも、最も謎解きに近づくのはカードで人の運命を占う「未来の鏡」ことカサンドラであり、「町全体であって誰でもない」という彼女の答えは、この小説におけるビラの実態を最も的確に言い表している。小説の成り立ちを考えれば、「ビラ」の謎が解けないのは当然であり、推理小説よろしく種明かしをしてしまえば、小説『悪い時』の存在意義そのものが失われてしまう。謎が解かれて利を得るのは体制側、とりわけ町長であり、これは不正と腐敗（町長は権力を盾に着々と蓄財を続けている）にまみれた抑圧的体制の強化を意味する。バルガス・ジョサは『悪い時』のビラを「幻想界から送られた使者」と称したが、ビラが正体不明の幻想的亡霊であり続けるからこそ、政治的権威たる町長も、そして精神的権威たる神父も、その正体を突き止めることができない。「この町はずいぶん変わった」と少なくとも表面上は信じていた神父の進言を受けて、「幸福な町」、「品位ある町」、「町の進歩」の幻想にすがりつく町長は、この亡霊を前に、「当局の威信を示すための措置」として、警官の服を着た「三人の殺人鬼」を外出禁止の町に放つが、二人の意図とは裏腹に、町民は、「状況は変わっていないという誰もが薄々感づいていた事実が確かめられて、集団的勝利の気運」を味わうことになる。「外観の下で事態は何も変わっていないことをはっきり意識していながら、これほど長い間人々の本能を防具のなかに押し込めておこうと躍起に」なっていたことを見透かされた神父は、ようやくヒラルド医師とともに町長の暴走を止めようとするが、もはや手遅れであり、警官隊に拘束されたペペ・アマドールはすでに殺された後だった。町長は殺人行為を「秘密」にして、ペペ・アマドールをビラの犯人に仕立てようとするが、そんなフィクションで事態が収拾するはずはなく、小説の最終ページでミナの口から示唆されるとおり、その後もビラは現れ続ける。ビラが君臨し続けることで、暴力的圧政下に生きる町民はもちろん、町を監視する側にいる町長も神父も、正体不明の「亡霊」に打ちのめされる。「勝者は歴史を書き、敗者は歴史を物語に変える」とはリカルド・ピグリアの名言だが、登場人物の全員が敗者となった後に残るもの、それが、謎だらけで不気味な、死体と腐臭に満ちた『悪い時』の物語にほかならない。

『悪い時』の結末はなんとも後味が悪いが、実のところ、ここで最も容赦なくビラに叩きのめされる敗者は、ほかならぬ作者ガブリエル・ガルシア・マルケスだろう。この小説を刊行した後にガルシア・マルケスが悲痛な挫折感に苛まれたことは、アルバロ・ムティスを筆頭に多くの友人知人が証言しているが、それは、勝手に書き換えられた版の刊行や、作品の中途半端な仕上がりにのみ起因するわけではない。それ以上に、ビラという仕掛けによって浮き彫りにされていくコロンビアの現実があまりに絶望的すぎるのだ。作中で、外出禁止令と三人の殺人鬼によって事態は何も変わっていないことを痛感したトト・ビスバルは、「唯一目新しい」こととして、「また内陸部で反政府ゲリラが組織されたという噂があること」を伝えている。小説の結末近くで町長は、「戦争が始まった」とだけ言い残して元の孤独な暴君に戻り、小説の最終ページでは、ミナが「刑務所は満杯で、人々が大挙して町を離れてゲリラに加わってい る」ことを報告して、「噂」を追認する。トト・ビスバル自身が「また」と言っているところからも明らかなとおり、実のところゲリラの発生は「目新しい」ことではなく、一九世紀から長きにわたってコロンビアを悩ませ続けてきた災厄の再来にほかならない。ビラの引き起こした顚末を前に、「何も変わっていない」ことを確認した人々にとって、残された選択肢は、黙って弾圧に耐えるか、町から（いや、モンティエル家の息子たちのように国から）脱出するか、ゲリラに加わるか、その三つしかない。すなわち、またもや「クソ戦争」は不可避となる。ここに浮かび上がってくるのは、後に『百年の孤独』で、自らの胸を撃ち抜く前にアウレリアーノ・ブエンディーア大佐が噛みしめる、「戦争は終わらせるほうが始めるより難しい」という事実であり、『悪い時』を首尾よく「終わらせる」ことのできなかったガルシア・マルケスもまた、作家としての能力不足と祖国の絶望的現状を同時に突きつけられる。この後のコロンビア現代史、さらにはSNSのはびこる現代社会の相貌と照らし合わせてみれば、この小説が不吉な予言の書として立ち現れてくる。『悪い時』は、物語に終わりがないという事実を露呈することで、逆説的に、終わりのない暴力と戦争の恐ろしさを読者に訴えかけてくる。ガルシア・マルケスの手腕をもってしても物語という言葉の枠内に収めることができないほど根深いコロンビアの政治的暴力が、ビラよりはるかに不気味なSNSの亡霊に脅かされた現実世界において、和平条約という無味乾燥な公文書の枠にたやすく収まるはずはない。

『悪い時』、絶望から希望へ

最後に一つ、物語を制御しきれなくなったガルシア・マルケスの錯誤ともとれる部分を指摘して、その意味を検討しておいても蛇足にはなるまい。二五八頁には、アンヘル神父がノラ・デ・ヤコブの臨終に立ち会って、生まれたばかりの娘にまつわる恐ろしい告白を聞き出す場面が描かれている。小説における順序は前後しているが、ノラ・デ・ヤコブは、この娘が十五歳になった時点でベンハミン氏と昼食をともにし（一九三頁）、後にはマテオ・アシスと愛人関係にあることも記されている（二三五頁）。小説世界内にノラ・デ・ヤコブが二人いる、あるいは、臨終の告白の後に彼女が奇跡的に回復した、とでも考えないかぎり、これでは論理的に辻褄が合わないように思われるが、『悪い時』のような幻想的小説にリアリズムの規範を適用する必要はあるまい。それどころか、次作『百年の孤独』には、何度も生き返る人物（メルキアデス）や、亡霊となって登場人物につきまとう人物（プルデンシオ・アギラール）が現れるという事実を踏まえれば、ノラ・デ・ヤコブが亡霊となって町で生き続けていると解釈したほうが、「亡霊の町」の実態にはふさわしいかもしれない。ガルシア・マルケスの小説作品を隅々まで読みつくしたはずのバルガス・ジョサでさえ、この齟齬《そご》にはまったく言及していないが、こんな箇所があるおかげで『悪い時』の謎はいっそう深まり、「想像的現実の勝利」がさらに際立つとさえ言えるだろう。

批評家や研究者を悩ませる作品であるとはいえ、『悪い時』に投影されたガルシア・マルケスの挫折感は、作者「非認定版」の刊行から六十年経った今も、暴力の影に怯える多くのコロンビア人、ラテンアメリカ人の心を捕え続けている。そのうえガルシア・マルケスは、挫折の小説だけを後に残したのではなく、絶望をバネに、数年後にまったく違う角度から新たな創作に取り組むことで、ラテンアメリカ文学の最高傑作『百年の孤独』を上梓し、全世界の読者に大きな希望を与えた。その意味では、彼の弟エリヒオ・ガルシア・マルケスがその著書『メルキアデスの暗号を追って――『百年の孤独』の物語』（Eligio García Márquez, *Tras las claves de Melquíades: historia de Cien años de soledad*, Bogotá, Norma, 2001）に引用した次の言葉を踏まえ、現代世界の文脈に位置づけながら『悪い時』を読み直してみれば、この作品に投影された挫折を肯定的、積極的に味わうことが可能になるだろう。

『悪い時』によって私は壁際に追い詰められた。だが、『悪い時』がなければ『百年の孤独』は書けなかったことだろう。壁際に追い詰められたら、その壁を壊す以外に出口はないのだ。

ガブリエル・ガルシア・マルケス年譜

一九二七年
三月六日、コロンビア北部マグダレナ県の小村アラカタカでガブリエル・ガルシア・マルケス誕生。父エリヒオ・ガルシアは電信士、母ルイサ・サンティアガ・マルケス・イグアランは千日戦争（一八九九～一九〇二）の自由党派大佐ニコラス・マルケスの娘。最終的に十一人兄弟の長男となるが、父には他に結婚前の子供が二人おり、結婚後も二人の婚外子をもうけている。

一九二八年　一歳
一二月六日、シエナガでバナナ農園労働者のストライキが起こり、虐殺が勃発（後に『百年の孤独』の重要テーマとなる）。

一九二九年　二歳
両親がバランキージャに移り、ガブリエルは母方の祖父母に預けられたままアラカタカに残る。その後、定期的に両親をバランキージャに訪問。

一九三〇年　三歳
七月二七日、アラカタカで洗礼を受ける。

一九三一年　四歳
祖父に連れられて初めて映画（吸血鬼映画）を見る。

一九三二年　五歳
読み書きを覚え、ルベン・ダリオの詩などを読み始める。

一九三三年　六歳
この頃、祖父に連れられて初めて氷を見る。

一九三四年　七歳
アラカタカで公立マリア・モンテソリ小学校に通い始める。両親がバランキージャからアラカタカに移り、父親が薬局を開業する。

一九三五年　八歳
『千一夜物語』に初めて接する。

一九三六年　九歳
一二月、両親がガブリエルとともにスクレ県シンセーに移る。ガブリエルはスクレの公立校に転校。父方の祖父と初対面。

一九三七年　一〇歳
三月、祖父ニコラス・マルケス、サンタ・マルタで死去。一家は九月にいったんアラカタカへ戻った後、一二月にバランキージャへ転居。

一九三八年　一一歳
父がバランキージャで薬局を開業するが、商売はうまくいかず、母とともに困窮生活を送る。

一九三九年　一二歳
『ドン・キホーテ』、『宝島』、『モンテ

＝クリスト伯』などに親しむ。家計を助けるために看板製作の仕事を引き受ける。父はスクレで薬局を開業。

一九四〇年　一三歳
バランキージャでイエズス会系のサン・ホセ中学に入学。詩作を始める。休暇中にスクレの町で謎のビラが次々と現れる事態に遭遇。

一九四一年　一四歳
中学校の雑誌に紀行文などを寄稿。体調不良と素行不良で学校を休学、五月からスクレで過ごす。

一九四二年　一五歳
二月、バランキージャの中学に復学。地元の詩人らと親交する。

一九四三年　一六歳
初めてボゴタに滞在。奨学金を得て、三月八日、国立シパキラ高校（男子校）に入学し、寄宿生となる。学校の新聞にハビエル・ガルセスのペンネームで詩の寄稿を始める。

一九四四年　一七歳
詩人カルロス・マルティンと親交。七月、友人たちと同人誌を創刊。この頃、未来の妻メルセデス・バルチャと知り合う。一二月、ボゴタの新聞『エル・ティエンポ』の文芸別冊に詩「歌」が掲載される。

一九四五年　一八歳
六月、シパキラでブックフェアの開幕式に登壇してスピーチを行う。

一九四六年　一九歳

一二月、高校を卒業し、スクレで休暇を過ごす。

一九四七年　二〇歳

年始にカルタヘナへ旅行し、短期間だけアラカタカに滞在。二月、国立ボゴタ大学法学部入学。四月、祖母トランキリーナ・イグアラン死去。この頃、カフカの文学を発見。九月、ボゴタの新聞『エル・エスペクタドール』文芸別冊に短編「三度目の諦め」、一〇月、同紙に短編「エバは猫のなか」を相次いで発表。

一九四八年　二一歳

一月、『エル・エスペクタドール』に短編「トゥバル＝カインが星を作る」を発表。「ボゴタ動乱」に伴って大学が閉鎖され、バランキージャを経て、カルタヘナに移る。五月からカルタヘナで創刊間もない新聞『エル・ウニベルサル』のコラムを担当。六月、カルタヘナ大学法学部に転学。

一九四九年　二二歳

一月、『エル・エスペクタドール』に短編「鏡の対話」を発表。三月、肺炎を患ってスクレで療養、この時期にフォークナーやドス・パソス、ヴァージニア・ウルフの小説を読む。五月にカルタヘナへ戻り、九月に盟友アルバロ・ムティスと知り合う。一一月、『エル・エスペクタドール』に短編「三人の夢遊病者の苦しみ」を発表。

一二月、カルタヘナ大学法学部を退学

し、バランキージャに拠点を移す。

一九五〇年　二三歳
新聞『エル・エラルド』で日刊コラム「キリン」をセプティムスのペンネームで担当。文学愛好家集団バランキージャ・グループに加わり、ラモン・ビニェス、ホセ・フェリクス・フエンマヨール、アルバロ・セペダ・サムーディオ、アルフォンソ・フエンマヨール、ヘルマン・バルガスと親交。二月、母とともにアラカタカを再訪。四月、バランキージャ・グループの仲間と雑誌『クロニカ』を創刊。六月、『エル・エスペクタドール』に短編「青い犬の目」を発表。七月、『クロニカ』に短編「イシチドリの夜」、一二月、同誌に短編「誰かがこのバラを乱す」を発表。

一九五一年　二四歳
父の要請を受けてカルタヘナに移り、『エル・エラルド』に寄稿を続ける。三月、『エル・エスペクタドール』に短編「天使たちを待たせた黒人ナボ」を発表。七月、『エル・ウニベルサル』に復帰。この頃、アルゼンチンの名門出版社ロサダの代理人と接触。一二月、バランキージャへ戻る。

一九五二年　二五歳
ロサダ社に長編『落葉』の草稿を送るが、二月、編集部のギジェルモ・デ・トーレに却下される。三月、『エル・エスペクタドール』に短編「六時に着く女」を発表。六月、『クロニカ』休刊。百科事典の訪問販売の委託を受ける。

一九五三年 二六歳

百科事典の訪問販売でカリブ沿岸各地を旅行。一〇月、バランキージャの新聞『エル・ナシオナル』夕刊の編集長となる。

一九五四年 二七歳

アルバロ・ムティスの口利きで全国紙『エル・エスペクタドール』の記者となり、ボゴタに移る。二月から映画評のコラム「ボゴタの映画、今週の封切」を担当し、他にも様々なルポルタージュを断続的に寄稿。五月、『エル・エスペクタドール』に短編「雨降りにやって来る男」を発表。七月、メデジンで崖崩れの事故を取材。八月、短編小説「土曜日の次の日」がコロンビア作家芸術家協会賞を受賞。

一九五五年 二八歳

四月から、後に『ある遭難者の物語』として刊行されるルポルタージュを『エル・エスペクタドール』に発表。五月、長編小説『落葉』をシパ出版より刊行。七月、『エル・エスペクタドール』の特派員としてジュネーヴに派遣され、後にローマに移る。ローマで実験映画センターに入学。ボゴタの文芸雑誌『ミト』一〇・一一月号に「マコンドで雨を見つめるイサベル」を発表。一〇月、ポーランドとハンガリーを旅行し、一〇月末にローマに戻った後、一二月、親友プリニオ・アプレヨ・メンドーサを頼ってパリに移る。

一九五六年　二九歳

一月、『エル・エスペクタドール』の休刊に伴って収入が途絶え、パリで極貧生活を送りながら長編小説『悪い時』と中編小説『大佐に手紙は来ない』の執筆を開始。スペインの女優マリア・コンセプシオン・キンタナと親交。

一九五七年　三〇歳

プリニオ・アプレヨ・メンドーサの紹介でベネズエラの雑誌『エリテ』に寄稿を始める。六月から九月まで、メンドーサとともに東欧諸国とソ連を旅行。一一月、ロンドンに滞在するが、メンドーサの取り計らいで雑誌『モメント』の記者となり、一二月二三日、カラカスに移る。

一九五八年　三一歳

一月二三日にベネズエラのペレス・ヒメネス独裁政権が崩壊し、政治関連の記事を『モメント』に発表。三月二七日、バランキージャでメルセデス・バルチャと結婚。五月、メンドーサとともに『モメント』と訣別。『ミト』五・六月号に『大佐に手紙は来ない』を発表。後に短編小説集『ママ・グランデの葬儀』に収録される作品を執筆する。

一九五九年　三二歳
キューバ革命勃発の直後からハバナに滞在。四月、キューバの通信社プレンサ・ラティーナの特派員としてボゴタに戻る。ボゴタの雑誌『クロモス』に東欧・ソ連滞在記「鉄のカーテンの九十日」を掲載。八月二四日、長男ロドリゴ誕生。

一九六〇年　三三歳
一月、新聞『エル・ティエンポ』に短編「火曜日の昼寝」を発表。断続的にハバナに滞在し、プレンサ・ラティーナの仕事を続ける。『ミト』一〇月号に「この町に泥棒はいない」を発表。年末、プレンサ・ラティーナの創設者リカルド・マセッティとともに、メキシコ、グアテマラ、ペルーに滞在し、クリスマスはバランキージャで迎える。

一九六一年　三四歳
一月、プレンサ・ラティーナの特派員としてニューヨークに移るが、六月に政治的理由から退社、フォークナー文学の舞台となったアメリカ合衆国南部を旅行した後、メキシコシティに到着。八月、アルバロ・ムティスとともにベラクルスを旅行。女性雑誌やゴシップ雑誌の匿名記事執筆で生計を立て始める。コロンビアのアギーレ社より『大佐に手紙は来ない』を刊行。カルロス・フエンテスと親交。

一九六二年　三五歳
『メキシコ文学雑誌』に短編「失われ

た時の海」を発表。長編小説『悪い時』の草稿がボゴタでエッソ文学賞を受賞、賞金約三千ドルを授与される。マドリードで『悪い時』が刊行されるものの、本人がこの版を拒絶。四月、短編集『ママ・グランデの葬儀』をベラクルス大学出版局より刊行。四月一六日、次男ゴンサロ誕生。文学代理人カルメン・バルセルスと契約を結ぶ。

一九六三年　三六歳

『大佐に手紙は来ない』のフランス語訳がジュリアール社より刊行される。九月、広告代理店で仕事を始める。『大佐に手紙は来ない』第二版をメキシコのエラ社より刊行。カルロス・フエンテスとともに映画のシナリオに取り組み、ファン・ルルフォの短編をもとにした『黄金の鶏』のシナリオを担当する。一一月、ルルフォと知り合う。

一九六四年　三七歳

フエンテスとともにシナリオを担当した映画『黄金の鶏』が上映される。

一九六五年　三八歳

映画版『この町に泥棒はいない』がロカルノ映画祭で上映される。七月、代理人バルセルスと初めて顔を合わせ、以後、文学作品のマネージメントを彼女に委託する。アカプルコへの道中に閃きを得て長編小説『百年の孤独』に本格的に取り組む。九月、広告代理店を退社して執筆に専念。

一九六六年　三九歳

三月、映画祭出席のためカルタヘナに滞在、故郷アラカタカも訪問。四月、『悪い時』作者認定版をエラ社より刊行。『百年の孤独』の一部が『エコ』（ボゴタ）、『アマル』（リマ）、『ムンド・ヌエボ』（パリ）各誌に相次いで掲載される。

一九六七年　四〇歳

五月三〇日、『百年の孤独』をスダメリカナ社（アルゼンチン）より刊行。八月、カラカスでイベロアメリカ文学国際会議とロムロ・ガジェゴス賞授与式に出席、マリオ・バルガス・ジョサと同席する。同月、ボゴタとブエノスアイレスに滞在。九月、リマでバルガス・ジョサと対談。一〇月、コロンビアでの一時滞在を経て、家族とともにバルセロナに移り住む。

一九六八年　四一歳

四月から五月にかけて、フランスとイタリアに滞在。『百年の孤独』のイタリア語版がフェルトリネッリ社より刊行される。九月、『大佐に手紙は来ない』の英語訳がハーパー&ロー社より刊行される。

一九六九年　四二歳

『百年の孤独』のフランス語訳がスイユ社より刊行される。イタリアでキアンチャーノ賞を受賞。

一九七〇年　四三歳

『百年の孤独』の英語訳がハーパー&ロー社より刊行される。ルポルタージュ『ある遭難者の物語』をトゥスケッツ社（バルセロナ）から刊行。一〇月、フランクフルトのブックフェアに参加。バルガス・ジョサ、ホセ・ドノソ、フリオ・コルタサル、ホルヘ・エドワーズらと親交を深める。

一九七一年　四四歳
一月、バランキージャに到着、その後九カ月間、アメリカ大陸とカリブ海地域各地に滞在。六月、米国コロンビア大学から名誉博士号を授与される。一二月、パリでチリの詩人パブロ・ネルーダと会食。

一九七二年　四五歳
三月、『エル・エスペクタドール』に短編「世界で最も美しい溺死体」を発表。七月、『百年の孤独』がロムロ・ガジェゴス賞に選ばれる。中編小説『無垢なエレンディラと無情な祖母の信じがたい悲惨の物語』をスダメリカナ社、バラル社（バルセロナ）、エルメス社（メキシコシティ）、モンテ・アビラ社（カラカス）より同時刊行。『百年の孤独』のロシア語訳が刊行されるが、検閲によりかなりの部分が削除される。『落葉』の英語訳がハーパー＆ロー社より刊行される。アルゼンチンとウルグアイで初期短編集が作者の許可なく刊行される。

一九七三年　四六歳
ジャーナリズム作品集『幸福な無名時代』をプラサ・イ・ハネス社（バルセ

ロナ）より刊行。九月、ボゴタに滞在し、人権擁護運動を支援。九月一一日に起こったチリのクーデターを糾弾。

一九七四年　四七歳

二月、ボゴタで雑誌『アルテルナティーバ』を創刊。短編集『青い犬の目』作者認定版をプラサ・イ・ハネス社とスダメリカナ社より同時刊行。一二月、ラッセル法廷の副長官に任命され、人権問題に取り組む。

一九七五年　四八歳

三月、長編小説『族長の秋』をプラサ・イ・ハネス社とスダメリカナ社より同時刊行。六月、ポルトガルでラッセル法廷に登壇。バルセロナを去り、メキシコシティのロマス・デル・ペドレガル地区に居を定める。『短編全集』をプラサ・イ・ハネス社から刊行。七月、キューバを訪問し、滞在記「キューバ、端から端まで」を『アルテルナティーバ』に発表。

一九七六年　四九歳

二月一二日の「パンチ事件」でバルガス・ジョサと訣別。ジャーナリズム作品集『クロニクルとルポルタージュ』をオベハ・ネグラ社（コロンビア）より刊行。三月から四月にかけてキューバに滞在、フィデル・カストロと親交を深める。コルタサルとともにラッセル法廷に登壇、チリ、アルゼンチン、ウルグアイの軍事政権を糾弾する。『族長の秋』のフランス語版がグラセー社より刊行される。

一九七七年　五〇歳

アンゴラにおけるキューバの活動について記した『カルロータ作戦』を発表。八月、スペインの政治家フェリペ・ゴンサレスと接触。九月、パナマのオマール・トリホス将軍と親交。

一九七八年　五一歳

ワシントンでグレアム・グリーンとともにパナマ運河返還条約の調印に列席。パナマでニカラグアの革命家エデン・パストーラと接触し、九月、ルポルタージュ「サンディニスタの一撃、豚小屋襲撃の記録」を『アルテルナティーバ』に発表。

一九七九年　五二歳

一月、ローマで教皇ヨハネ・パウロ二世に、二月、マドリードでスペイン国王ファン・カルロス一世に謁見。チリ人映画監督ミゲル・リティンが短編「モンティエルの未亡人」を映画化し、そのシナリオを担当。ユネスコの報道関係委員会でレーガンとサッチャーの政策を批判。

一九八〇年　五三歳

三月、『アルテルナティーバ』休刊。映画『我が心のマリア』が制作され（監督はメキシコ人ハイメ・ウンベルト・エルモシージョ）、シナリオを担当。ニカラグアを訪れ、サンディニスタ革命の成功を祝福。九月から『エル・パイース』紙（スペイン）と『エル・エスペクタドール』で週一回のコラムを担当する。

一九八一年 五四歳

三月、フランス政府からレジョン・ドヌール勲章を授与される。同月、ボゴタ滞在中にコロンビアのゲリラ組織M-19との関与を疑われ、メキシコ大使館に避難、直後にメキシコへ逃れる。五月、パリでミッテラン大統領の就任式にコルタサル、フエンテスとともに出席。六月、キューバでフィデル・カストロと休暇を過ごす。九月、『エル・エスペクタドール』に短編「雪の上のお前の血痕」を発表。長編小説『予告された殺人の記録』をオベハ・ネグラ社、ディアナ社、ブルゲラ社（バルセロナ）、スダメリカナ社より同時刊行。『ジャーナリズム作品集』（全四巻）をブルゲラ社より刊行開始。

一九八二年 五五歳

五月、カンヌ映画祭で審査員を務める。『グアバの香り――プリニオ・アプレヨ・メンドーサとの会話』がオベハ・ネグラ社とブルゲラ社より刊行される。ノーベル文学賞を授与され、一二月に授賞式に臨む。メキシコ政府よりアステカ鷲勲章を授与される。スペインでの滞在を経て、一二月三〇日、メルセデスとともにハバナに到着。

一九八三年 五六歳

四月一一日、ベタンクール大統領の庇護を受けてコロンビアに帰国。五月、カルタヘナ映画祭に出席し、その後、アラカタカを訪問。七月、カラカスを訪問、アルゼンチン人作家トマス・エロイ・マルティネスと親交を深める。

一九八四年　五七歳

三月、『エル・パイース』と『エル・エスペクタドール』のコラムを終了、カルタヘナに滞在して、新作長編の執筆を進める。一二月、ヨーロッパ滞在中に父死去。

一九八五年　五八歳

一月、ニカラグアに滞在。同月、ハバナでフィデル・カストロと会見し、映画基金創設の計画を練る。一一月、コロンビアでの滞在を切り上げて、メキシコシティに拠点を移す。一二月、新ラテンアメリカ映画基金（ＦＮＣＬ）がハバナで創設され、その代表となる。長編小説『コレラの時代の愛』をオベハ・ネグラ社、ディアナ社、ブルゲラ社、スダメリカナ社より刊行。ニカラグアでダニエル・オルテガ大統領の就任式に出席。セイス・バラル社が『小説全集』の刊行を開始する。

一九八六年　五九歳

ミゲル・リティンと会見し、五月、軍政下のチリに関するルポルタージュ『戒厳令下チリ潜入記』をエル・パイース社、オベハ・ネグラ社、ディアナ社、スダメリカナ社より刊行。

一九八七年　六〇歳

年始からＦＮＣＬでシナリオ教室を主

宰。五月、フランチェスコ・ロッシ監督による映画版『予告された殺人の記録』がカンヌ映画祭で公開される。ナイジェリアの作家ウォーレ・ショインカと対談。七月、モスクワに招待され、ミハイル・ゴルバチョフと会見。テレビドラマ・映画シリーズ「困難な愛」（スペイン）の公開に向けて、計六本のシナリオを準備し始める。

一九八八年　六一歳

『コレラの時代の愛』の英語訳がクノップフ社より刊行され、同年度のロサンゼルス・ブックスレヴュー賞を受賞。八月、生涯に執筆した唯一の戯曲『座った男に対する愛の酷評』がブエノスアイレスで初上演される。シナリオを担当した映画『美しい厩舎の寓話』（ルイ・ゲラ監督）と『ローマの奇跡』（リサンドロ・ドゥーケ監督）が相次いで公開される。一二月、カラカスを訪れ、カルロス・アンドレス・ペレス大統領の就任式に出席。

一九八九年　六二歳

二月、コロンビアに拠点を移す。三月、長編小説『迷宮の将軍』をオベハ・ネグラ社、モンダドリ社（スペイン）、ディアナ社、カサ・デ・ラス・アメリカス（キューバ）、スダメリカナ社より同時刊行。

一九九〇年　六三歳

三月、チリの軍事政権退陣に伴ってサンティアゴを訪れ、旧パブロ・ネルーダ邸で祝典に出席。ブラジル滞在を経て、メキシコシティに戻る。一〇月、新ラテンアメリカ映画祭参加のため来日、東京で黒澤明と会談する。

一九九一年　六四歳

ジャーナリズム作品集『報道ノート（1980–1984）』をモンダドリ社とノルマ社（コロンビア）より刊行。テレビニュース番組「ＱＡＰ」の創設に関わる（放送は翌年一月から）。八月、久々にアメリカ合衆国を訪問し、ニューヨーク映画祭に出席。この後、ヨーロッパ各地を旅行。

一九九二年　六五歳

五月、肺の腫瘍を摘出。『十二の遍歴の物語』をモンダドリ社、シルクロ・デ・レクトーレス社（スペイン）、オベハ・ネグラ社、ディアナ社、スダメリカナ社より刊行。七月、スペインでセビリアの万博に出席。シナリオを担当した映画『私の夢、貸します』（ルイ・ゲラ監督）が公開。

一九九三年　六六歳

ボゴタのカロ・イ・クエルボ研究所の名誉会員に任命される。海賊版の流布に抗議し、著作権擁護のキャンペーンに着手。

一九九四年　六七歳

四月、長編小説『愛その他の悪魔たち』をモンダドリ社、アルテ・イ・リテラトゥーラ社（キューバ）、ノルマ社、ディアナ社、スダメリカナ社、タジェール社（ドミニカ共和国）、ペンギン・ブックス（アメリカ合衆国）より刊行。六月、コロンビアのカルタヘナで「ラテンアメリカ新ジャーナリズム基金」（ＦＮＰＩ）を創設。九月、作家ウィリアム・スタイロンの仲介で、カルロス・フエンテスとともにアメリカ合衆国を訪問し、ビル・クリントン大統領と会見。一〇月、トマス・エロイ・マルティネスとともにＦＮＰＩのワークショップを主宰。アラカタカの生家が博物館となる。

一九九五年　六八歳

五月以降、コロンビア、ベネズエラ、スペインなどでルポルタージュに関するワークショップを主宰。九月、フランスのビアリッツ映画祭に出席。カルタヘナの新聞社『エル・ウニベルサル』が一九四〇年代にガルシア・マルケスの書いた新聞記事を集めて『忘れな草の花束』として刊行。

一九九六年　六九歳

四月、ルポルタージュ『誘拐』がモンダドリ社、ノルマ社、ディアナ社、スダメリカナ社、タジェール社より刊行され、ボゴタのブックフェスティバルで発表会が行われる。九月、カルタヘナの新居が落成。一〇月、南北アメリカ報道協会総合会議（ＳＩＰ）に招待され、アメリカ合衆国カリフォルニアのパサデナにおいて「世界最高の仕事」というタイトルで演説。シナリオを担当した映画『オエディプス市長』（ホルヘ・アリ・トリアナ監督）が公開される。

一九九七年　七〇歳

FNPIのワークショップをラテンアメリカ各地で主宰。九月一一日、クリントン大統領と再会。ドキュメンタリー『ガルシア・マルケスのカルタヘナ』が制作される。ガルシア・マルケスがシナリオを担当した映画六本がカルタヘナ映画祭で記念上映される。

一九九八年　七一歳

三月、メキシコシティで自伝『生きて、語り伝える』の第一章を朗読。一一月、コロンビア人ジャーナリスト数名とともに雑誌『カンビオ』を買収。

一九九九年　七二歳

一月、ベネズエラ大統領ウーゴ・チャベスと対面し、ルポルタージュ「二人のチャベスの謎」を『カンビオ』に発表。ジャーナリズム作品集『自由のために（1974–1995）』をモンダドリ社より刊行。六月、ボゴタで入院し、一〇月までリンパ腫の治療を受ける。

二〇〇〇年　七三歳

ハバナに滞在し、アーサー・ミラー、ウィリアム・スタイロンと会談。一一月二五日、グアダラハラ（メキシコ）・ブックフェスティバルの開会式に登壇。数日後、メキシコシティで開催されたイベロアメリカ・フォーラムにカルロス・フエンテスとともに登壇。

二〇〇二年　七五歳
六月九日、母ルイサ・サンティアガ・マルケス、九六歳で死去。一〇月、自伝『生きて、語り伝える』をモンダドリ社、シルクロ・デ・レクトーレス社、ディアナ社、スダメリカナ社、ノルマ社より刊行。一二月、ハバナ映画祭に出席し、フィデル・カストロと再会。

二〇〇三年　七六歳
九月、メキシコでラジオ番組に出演、ファアン・ルルフォを賞賛する。「ニュー・ジャーナリズム・コレクション」創設に関して、メキシコの出版社フォンド・デ・クルトゥーラ・エコノミカ（FCE）と合意。

二〇〇四年　七七歳
長編小説『わが悲しき娼婦たちの思い出』をモンダドリ社、ランダムハウス社（アメリカ合衆国）、シルクロ・デ・レクトーレス社、ディアナ社、スダメリカナ社、ノルマ社より刊行。

二〇〇五年　七八歳
ジャーナリズム活動を始めて以来、初めてまったく文章を公表することなく一年を終える。

二〇〇七年　八〇歳
三月、スペイン王立アカデミーが生誕八〇年記念祝典をカルタヘナで主催。アラカタカ、バランキージャ、ボゴタ、カルタヘナ、メキシコシティ、ハバナ、リマなどで『百年の孤独』刊行四〇周年記念式典が催され、記念版が百万部発行される。年末にアラカタカを再訪。

二〇〇八年　八一歳

ＦＣＥがボゴタに文化センターを開設、ガルシア・マルケスの名を冠する。ジェラルド・マーティン著『ガブリエル・ガルシア・マルケス　ある人生』（スペイン語版（英語版）が刊行される　の刊行は翌年）。

二〇〇九年　八二歳

八月、キューバの『グランマ』紙に「私の知るフィデル・カストロ」を発表。メキシコシティのベジャス・アルテス（国立芸術院）で「ガブリエル・ガルシア・マルケス展」が開催される。

二〇一〇年　八三歳

講演集『ぼくはスピーチをしに来たのではありません』をモンダドリ社、ディアナ社、スダメリカナ社より刊行。

二〇一一年　八四歳

妻とともにメキシコシティのレストラン「エル・カルデナル」新店舗の開店に姿を見せる。

二〇一二年　八五歳

一〇月、メキシコ政府から芸術メダルを授与される。ＦＮＰＩがアンソロジー『ガボ、ジャーナリスト』を刊行。

二〇一三年　八六歳

三月から八月まで妻とともにカルタヘナに滞在。一一月、第一回ガルシア・マルケス・ジャーナリズム賞がコロンビアのメデジンで授与される。

二〇一四年　八七歳

ズ社より刊行。

三月六日、八六歳の誕生日を迎え、毎年この日にメキシコ人記者たちから贈られる黄色い花を受け取りに、メキシコシティの自宅のドア口に姿を見せる。

四月一七日、呼吸不全によりメキシコシティで死去、享年八七。

二〇二〇年

八月一五日、メルセデス・バルチャがメキシコシティで死去、享年八七歳。

メキシコシティの自宅が「百年の孤独スタジオ館」の名称で文化センターとなる。

二〇二一年

息子ロドリゴ・ガルシアが『父ガルシア゠マルケスの思い出――さようなら、ガボとメルセデス』をハーパーコリン

訳者あとがき

新潮社から二〇二四年六月に満を持して文庫化されたガブリエル・ガルシア・マルケスの名作、『百年の孤独』が猛烈な勢いで売り上げを伸ばしている。新潮社のウェブサイトに公開された記事（「世界を滅亡から一度は救った女性」『波』二〇二四年八月号）によれば、発売後半月ですでに七刷、累計二十六万部に到達したという。大学にもその余波は及んでおり、私の勤務する早稲田大学の生協書籍部でも、発売直後に品切れとなった。授業でも、履修者の多くがこの版を購入し、感想を交換し合いながら競うようにして物語を読み進めている。日本の大学で講義を担当し始めて今年でちょうど二十年になるが、こんな場面に出くわす日が訪れようとは夢にも思っていなかった。『百年の孤独』がベストセラーになったことで、ラテンアメリカ文学全体への関心も高まっているらしく、直前に刊行された拙編著の専門的研究書『ラテンアメリカ文学の出版文化史』（勉誠社）が、ガルシア・マルケスの出版履歴を詳細に辿る章を収録していることもあって、この種の本にしては珍しいほど堅調に売り上げを伸ばしていると担当編集者から伝えられた。

　近年、スペイン語圏では、ガルシア・マルケスを核とする一九六〇年代の「ラテンアメリカ文学のブーム」を再考する動きが、学術界のみならず一般レベルにも広がっている。文学作品の批評版、作家たちの回想録や日記、書簡集などが次々と一般読者向けに紹介され、二〇二三年六月には、「ブームの四巨頭」こと、フリオ・コルタサル、カルロス・フエンテス、ガブリエル・ガルシア・マルケス、マリオ・バルガス・ジョサが五十年以上にわたって交換し合った手紙をほぼすべて収録した大著『ブームの手紙』がスペインの名門アルファグアラ社から刊行された。ガルシア・マルケス研究をめぐっても、二〇二〇年にコロンビア大学のスペイン人ラテンアメリカ文学研究者アルバロ・サンタナ＝アクーニャが大著『栄光への上昇』（コロンビア大学出版）を上梓して以降、新たな視点に基づく研究が次々と打ち出されている。

　こうした状況を前に、我々日本人ラテンアメリカ文学研究者の責務は、『百年の孤独』の文庫化によって盛り上がったラテンアメリカ文学熱を一過性の〈プチブーム〉で終わらせぬよう尽力することにあるだろう。その意味では、記念すべき二〇二四年のうちに、光文社古典新訳文庫から、ガルシア・マルケスの隠れた名作『悪い時』の新訳に、詳細な年表と解説を添えて刊行することの意義は大きい。この企画が立ち上がったのは二〇二二年であり、『百年の孤独』の文庫化と連動していたわけではないが、結果的には、願ってもないタイミングで本書を日本の読者にお届けできることになった。文芸雑誌『新潮』に寄稿した論考（「『ラテンアメリカ文学』の誕生」二〇二四年八月号）でも記したとおり、こうした文庫化の動きは、ラテンアメリカ文学を文化遺産として継承するという世界的プロセスの一環を成しているのであり、日本においてその一端を担うことができるのは、研究者にとって無上の喜びにほかならず、光文社古典新訳文庫のスタッフには心から感謝の意を表したい。

本書の編集過程で、私に古典新訳文庫への扉を開いてくださった編集者、今野哲男氏が亡くなった。これまで様々な局面でお世話になったばかりか、彼の尽力なくしてこの企画の実現がありえなかったことを考えると、本書を手に取って見ていただけないのはなんとも心残りでならない。この場を借りて今野氏に改めて感謝の意を表するとともに、心からご冥福をお祈りする。

二〇二四年八月一日

本書では、「未亡人」「私生児」といった今日では不適切とされる呼称や、「黒んぼ」「小人」「カマども」など、容姿や性向への偏見に基づく差別的な表現が用いられています。
これらは本作が成立した一九六二年当時のコロンビアの社会状況と未成熟な人権意識に基づくものですが、編集部では本作の歴史的価値および、文学的価値を尊重し、原文に忠実に翻訳しました。それが今日にも続く人権侵害や差別問題を考える手がかりとなると判断したものです。差別の助長を意図するものではないということを、ご理解ください。

編集部

光文社古典新訳文庫

悪《わる》い時《とき》

著者　ガブリエル・ガルシア・マルケス
訳者　寺尾隆吉《てらおりゅうきち》

2024年11月20日　初版第1刷発行

発行者　三宅貴久
印刷　萩原印刷
製本　ナショナル製本

発行所　株式会社光文社
〒112-8011東京都文京区音羽1-16-6
電話　03（5395）8162（編集部）
03（5395）8116（書籍販売部）
03（5395）8125（制作部）
www.kobunsha.com

落丁本・乱丁本は制作部へご連絡くだされば、お取り替えいたします。
ISBN978-4-334-10504-4 Printed in Japan

いま、息をしている言葉で、もういちど古典を

長い年月をかけて世界中で読み継がれてきたのが古典です。奥の深い味わいある作品ばかりがそろっており、この「古典の森」に分け入ることは人生のもっとも大きな喜びであることに異論のある人はいないはずです。しかしながら、こんなに豊饒で魅力に満ちた古典を、なぜわたしたちはこれほどまで疎んじてきたのでしょうか。

ひとつには古臭い教養主義からの逃走だったのかもしれません。真面目に文学や思想を論じることは、ある種の権威化であるという思いから、その呪縛から逃れるために、教養そのものを否定しすぎてしまったのではないでしょうか。

いま、時代は大きな転換期を迎えています。まれに見るスピードで歴史が動いていくのを多くの人々が実感していると思います。

こんな時わたしたちを支え、導いてくれるものが古典なのです。「いま、息をしている言葉で」――光文社の古典新訳文庫は、さまよえる現代人の心の奥底まで届くような言葉で、古典を現代に蘇らせることを意図して創刊されました。気取らず、自由に、心の赴くままに、気軽に手に取って楽しめる古典作品を、新訳という光のもとに読者に届けていくこと。それがこの文庫の使命だとわたしたちは考えています。

このシリーズについてのご意見、ご感想、ご要望をハガキ、手紙、メール等で翻訳編集部までお寄せください。今後の企画の参考にさせていただきます。
メール　info@kotensinyaku.jp

海に住む少女

シュペルヴィエル／永田《ながた》千奈《ちな》◉訳

大海原に浮かんでは消える、不思議な町の少女の秘密を描く表題作。ほかに「ノアの箱舟」、イエス誕生に立ち合った牛を描く「飼葉桶を囲む牛とロバ」など、ユニークな短編集。

ひとさらい

シュペルヴィエル／永田《ながた》千奈《ちな》◉訳

貧しい親に捨てられたり放置された子供たちをさらい自らの家族を築くビグア大佐。だが、とある少女を新たに迎えて以来、彼の親心は、それとは別の感情とせめぎ合うようになり…。

崩れゆく絆

アチェベ／粟飯原《あいはら》文子《あやこ》◉訳

古くからの慣習が根づく大地で、富と名声を築いたオコンクウォだが、彼の誇りと村の人々の生活を蝕むのは、凶作や戦争ではなく、新しい宗教の形で忍び寄る欧州の植民地支配だった。

翼　李箱作品集

李箱《イサン》／斎藤《さいとう》真理子《まりこ》◉訳

怠惰を愛する「僕」は、隣室で妻が「来客」からもらうお金を分け与えられて……。表題作ほか、韓国文学史上、最も伝説に満ちた作家による小説、詩、日本語詩、随筆等を収録。

傾城《けいじょう》の恋／封鎖

張《ちょう》愛玲《あいれい》／藤井《ふじい》省三《しょうぞう》◉訳

離婚して実家に戻っていた白流蘇《パイリウスー》は、異母妹の見合いに同行したところ英国育ちの実業家に見初められてしまう…。占領下の上海と香港を舞台にした恋物語など、5篇を収録。

聊斎志異《りょうさいしい》

蒲《ほ》松齢《しょうれい》／黒田《くろだ》真美子《まみこ》◉訳

古来の民間伝承をもとに豊かな空想力と古典の教養を駆使し、仙女、女妖、幽霊や精霊、昆虫といった異能のものたちと人間との不思議な交わりを描いた怪異譚。43篇収録。

★続刊

ぼくのことをたくさん話そう　チェーザレ・ザヴァッティーニ／石田聖子・訳

眠れぬ夜の寝床に霊が現れ、ぼくの手を取り、天国や煉獄など「あの世」への旅にいざなう……。映画『自転車泥棒』『ひまわり』等で知られる20世紀イタリアを代表する脚本家が、掌編の技法で紡いでいく、ユーモラスで機知に富んだ物語。

世間胸算用　井原西鶴／中嶋 隆・訳

一年の収支決算日である大晦日を舞台に、貧乏に追われる庶民の悲喜劇を描いた連作短編。借金取りとの攻防、正月飾りをケチる隠居婆、貧困にあえぐ夫婦の愛……。人々が生きる悲しみとおかしさを、西鶴がユーモアを交えて綴った晩年の傑作。

ハワーズ・エンド　フォースター／浦野 郁・訳

二十世紀初頭の英国。富裕な新興中産階級のウィルコックス家と、ドイツ系で教養に富む知識階級のシュレーゲル姉妹、そして貧しいバスト家の交流を通じ、格差を乗り越えようとする人々の困難や希望を描いたモダニズム文学の傑作。